快乐读书吧
系列丛书

欧洲民间故事

肖维玲 主编

山东大学出版社
SHANDONG UNIVERSITY PRESS
·济南·

图书在版编目（CIP）数据

欧洲民间故事 / 肖维玲主编. -- 济南 : 山东大学出版社, 2025. 6. --（快乐读书吧系列丛书 / 肖维玲主编）. -- ISBN 978-7-5607-8849-4

Ⅰ. I507.3

中国国家版本馆 CIP 数据核字第 2025SS1966 号

责任编辑　孙艳凤
文案编辑　蒋瑞瑛
封面设计　李文静

欧洲民间故事
OUZHOU MINJIAN GUSHI

出版发行	山东大学出版社
社　　址	山东省济南市山大南路 20 号
邮政编码	250100
发行热线	(0531)88363008
经　　销	新华书店
印　　刷	天津联城印刷有限公司
规　　格	710 毫米 ×1000 毫米 1/16
	9.5 印张 190 千字
版　　次	2025 年 6 月第 1 版
印　　次	2025 年 6 月第 1 次印刷
定　　价	35.00 元

《欧洲民间故事》导读

什么是民间故事

“民间故事”是世界各地流传最广的一类口头叙事文学，是普通百姓在生活中自发创造、传播并改编的文学样式。它具有以下几个鲜明特征：

① 口头性：用“讲”的方式传承

民间故事最初并不是写在书上的，而是靠人们一代一代“讲”出来的。在口耳相传的过程中，故事内容会根据讲述者的表达习惯和听众的喜好不断地发生微妙的变化。

② 集体性：“没有作者”的创作

民间故事通常没有固定的作者。它不是某一个人写出来的，而是由一代又一代人共同传承、逐渐演变而来的集体创作。

③ 模糊性：时间与地点的朦胧处理

我们在民间故事中经常读到“从前”“很久以前”“某个遥远的地方”这样的词语，这种模糊的处理方式并不是随意为之，而是一种富有意义的叙事选择。它既能增强故事的神秘感，又能使读者更容易把故事内容代入自己的生活经验中，从而产生情感共鸣。

④ 虚构性：幻想与现实交织

尽管很多故事取材于现实生活，但它们往往融合了大量的想象、夸张与超自然元素。神奇的精灵、说话的动物、可以改变命运的魔法物品……这些虚构的元素使故事具有极强的吸引力，也让民间故事在娱乐性之外，具备了启发想象与思考的功能。

正是这些特征，使民间故事成为世界文化中最具活力和魅力的文学形式之一。

本书四大主题与代表价值

1 动物世界：动物视角下的人性写照

这些看似轻松的动物故事，实际上蕴含着深意。它们用动物形象揭示人类社会中的善恶、美丑与智愚。

2 精怪魔法：幻想中的成长与抉择

“旅程”“选择”“试炼”与“救赎”是这类故事的关键词。幻想元素成为对现实的隐喻，是少年成长的投影。

3 宫廷命运：关于幸福、爱、美丽的探索

在这类故事中，我们看到的是表面富有却内心空虚的国

王、含蓄表达亲情的公主以及肩负重任的少年。这些故事探讨了什么是真正的幸福、如何理解亲情、如何看见美丽等主题。

4 生活智慧：平凡生活中的不凡勇气

这些故事讲述的是普通人在面对困境时，如何以机智和善意赢得尊重并改变生活。这些故事虽无奇幻元素，却因真实而动人。

如何阅读《欧洲民间故事》

基础读法

- 看一看：翻阅目录和导读，了解全书结构，把握每个主题板块。
- 猜一猜：从标题或开头猜测故事发展，养成预测习惯。
- 读一读：有感情地朗读故事，用角色语气进行模仿表演。
- 想一想：故事结尾合理吗？人物选择你认同吗？换你会怎么做？
- 记一记：把精彩语句抄写下来，并写一两句自己的理解。
- 说一说：向朋友或家人复述你最喜欢的故事，练练口才和逻辑。

创造性读法

1 制作角色“心声卡”

选取一个故事角色，写出“他 / 她在关键情节时心里在想什么”。比如《幸福人的衬衣》中国王在寻找幸福人之前和之后，内心有什么转变？

2 改写结局 / 更换视角

把故事结局改得更幽默、更温暖或更出人意料；从“反派”的角度讲这个故事，比如从狐狸的角度讲《小母鹅》；把古代场景换到现代：假如《寻找命运之旅》发生在今天，会变成什么样？

3 文化对照笔记

对比中西文化中相似的故事，比如中国的《狐假虎威》和本书中的《灰额猫、山羊和绵羊》，找出异同，并写下自己的见解。

4 角色路线图

绘制主角的“冒险地图”：在哪些地点遇到谁、经历了什么事件？这既能帮你理清情节，也能训练逻辑思维。

5 “我来写续集”

挑一个你最喜欢的故事，给它写一篇“第二部”或者“十年后”的续作。比如十年后曾戴上小白帽的男孩还记得精灵吗？如果有第四个人加入《三个聪明人》，会发生什么新的故事？

每一则民间故事，都是一颗经时间打磨的宝石。《欧洲民间故事》，是一部跨越语言与文化的珍贵文集，更是一扇通往世界的窗。在这里，你读到的不只是故事，而是一代代人民的经验、梦想与智慧；你看到的不只是幻想，而是人生选择与成长的隐喻。愿你不仅是故事的读者，更是思考者、发现者，甚至是未来的讲述者与创作者。

目录

·第三章 宫廷命运

·第四章 生活智慧

第一章

动物世界

灰额猫、山羊和绵羊（俄罗斯）

在俄罗斯一处乡下的院子里，有一只山羊和一只绵羊。他们是一对好朋友，经常互相亲昵地碰一碰头、蹭一蹭脸。主人给的草料，他们也总是分享着吃。两只羊就这样平静快乐地生活着。要说有什么会打扰到他们，那只有从厨房传来的动静了。

先是灰额猫快乐的呼噜声，他又在偷吃了。但凡厨房里有什么食物没收好，他就肚子咕咕叫，忍不住要把它们吃掉。接着是主人生气的叫骂："小猫，你这小偷！坏东西！"

"喵呜，"小猫四处逃窜，不停叫唤着。最后，"嘭——哗啦——"，罐子被慌不择路的小猫撞翻，摔成了一地的碎片。

这天，山羊和绵羊正靠在一起吃草、聊天。他们好些日子没听到小猫闹出的动静了，心想：难道他改过自新了？正说着，灰额猫不知打哪儿钻了出来，模样十分可怜，毛上沾着脏兮兮的炉灰，只用三只脚跳着走，还嘤嘤地哭个不停。

山羊和绵羊都是好心肠，他们关切地问小猫——这个可怜的小坏蛋："你为什么哭呢？为什么用三只脚跳着走路？"

"我怎么能不哭呢？我不过犯了点小错，主人就揪着我的耳朵，打得我嗷嗷直叫，还发誓要把我送上绞架！我的耳朵被扯得好痛，一条腿也因此受了伤，只好这样走路了。"小猫回答。

山羊和绵羊没有轻易相信小猫口中的"小错"，他们继续追问："那么，你是犯了什么错？主人竟要这样严酷地惩罚你？"

"因为我舔光了罐子里的酸奶油……"小猫说完，又放声大哭起来。

山羊和绵羊不觉得这有多严重，毕竟小猫常做类似的坏事。怎么这一次，主人会发这样大的火？一股很不好的预感突然涌上小羊们心头，他们赶忙再次追问小猫："小猫，你怎么又哭了？你还犯了什么错吗？"

小猫抽抽鼻子，啜泣着说："我怎么能不哭呢？主人不光打我，他还说——还说：'女婿马上要来了，上哪儿去弄酸奶油呢？没办法，只好杀了家里的羊待客了。'哦！山羊和绵羊，我可怜的朋友们。"

听了这话，绵羊几乎跳了起来，山羊则低下头，锋利的角直指小猫，随时准备冲过去。灰额猫赶紧认错，求朋友们饶了他。事已至此，讨伐小猫已经不能解决任何问题。三个朋友坐在一块儿，思考起逃生的方法。

灰额猫率先有了主意，他开口说："绵羊哥，你的脑门看起来很结实，你能不能用它把院子的门顶开呢？”绵羊跳起来，飞奔上前，使劲用脑门去顶。院门晃动两下，又恢复了原样。

灰额猫又看向长角的山羊：“山羊哥，你的脑门看起来更结实，你能不能用它把院子的门顶开呢？”山羊也跳起来，飞奔上前，用力一顶，门竟然真的开了。于是，田野上出现了这样滑稽的一幕：两只羊在前头跑，一只灰额小猫用三条腿在后面跳着追。

互动

灰额猫、山羊和绵羊将开启广阔天地中的冒险故事，他们将有哪些有趣的经历呢？阅读下文，和你的伙伴们一起分角色演一演吧！

“山羊哥，绵羊哥，”灰额猫跑得累极了，他气喘吁吁地恳求两位好朋友，“你们跑慢点吧，我快追不上你们了。我们仨是一起的，可别丢下我呀……”山羊有些心软，他小心地捧起瘸腿小猫，将他放到自己背上，继续奋力向前奔跑。

三个朋友不分昼夜地奔逃，一路越过山冈、穿过森林、跑过草地，只要还有力气，就绝不停下改变命运的步伐。

终于，他们来到了一处避难的好地方。这是一块刚割过的田地，背靠险峻的岩壁，地上堆着金黄的干草，草堆很高，正适合动物们用来隐蔽和睡觉。

天色渐渐暗了下来。秋天的夜晚冷冰冰的，尽管有皮毛护体，三个朋友还是被冻得直打战。“好冷，怎么取暖呢？”山羊和绵羊还在发愁，灰额猫已经拖着一摞白桦树皮回来了。他让山羊和绵羊用脑门对撞，摩擦出的火花一下就把树皮点着了。熊熊火焰，在黑夜中燃起。

他们刚准备坐下，一位不速之客挤了进来。哈，竟然是一只棕熊！在这样的寒夜里，一个热腾腾的火堆确实太有吸引力了。棕熊躺了下来，有气无力地说："朋友们，让我也烤烤火吧，我太冷也太累了，实在没有力气活动……"

"当然没问题，一起坐下吧！你打哪儿来的，怎么会这么累呢？"

"别提了，我上养蜂园里找吃的，不小心被看守发现了，和他们打了一架，最后被赶出来了。"棕熊答道。

温暖的火堆赶走了寒冷也带来了困倦，伴着火焰燃烧的噼啪声，四只小动物纷纷进入了梦乡。熊睡在草堆下面，小猫睡在草堆上面，山羊和绵羊依偎着，睡在火堆旁边。

夜色漆黑，冷风呼啸，一群狼不知什么时候围住了火堆。为首的是一位白毛的狼王。山羊和绵羊半梦半醒间，看到火光中几双幽绿的眼睛忽明忽暗，顿时吓得清醒过来，咩咩地叫个不停。灰额猫被他们俩的叫声吵醒，也猛地坐起身。

情况十分危急，小猫定了定神，稳住语气对狼王说："您好，白狼大王。我灰额猫早听说过您的名字，一直很尊敬您。您可不要犯傻呀，我们大哥在这儿呢，他要是生气，咱们在场的都得遭殃。你看他的角，多么锋利！

但那不过是他打死对手后剥皮的工具罢了。他真正厉害的是那把胡子，他不知道收割了多少猛兽的性命。您呀，不要轻举妄动，最好恭恭敬敬地求求大哥，说你不敢冒犯他，只是想和他的小弟比比力气。喏，就是躺在火堆旁边的那一个。”

白狼王被灰额猫的冷静唬住了。他朝山羊鞠了个躬，随后和手下的狼一起，将熊团团围住。熊原本睡得好好的，现在也被狼群的声音吵醒了。他的眼睛还没完全睁开，只是随意地用爪子轻轻一扫，狼王就被掼(guàn)到了地上，怎么也站不起来，剩下的狼立马吓得四处逃窜。

山羊和绵羊趁此机会，利索地背起小猫，跑进了树林里。毕竟，谁也不知道发怒的熊会不会连他们一起狠揍。可不巧的是，没走出多远他们就又遇到了那群狼。小猫远远瞧见他们，赶忙三两下攀上枞(cōng)树梢，同时嘱咐山羊和绵羊用脚勾住树枝，倒挂在树上。

那群狼停在树下，纷纷磨响了牙齿，伺机报仇。

灰额猫则冷笑着说：“哼，一群手下败将！小猫我刚吃了那头白狼，肚子还饱着。山羊大哥，您去捉熊，被那家伙侥幸逃走了，想必您还饿着。我这就把这群狼抓起来，交由您处置！”话音刚落，山羊配合着脚一松，

尖锐的角对准头狼狠狠刺了下来。为首的狼当场毙命，狼群刹那间乱作一团。灰额猫好像还嫌不够乱，在一旁大声叫嚷：“抓住他们！暗处的朋友们听我号令，一起抓住他们！”

一听他们还有帮手，刚刚凶神恶煞的狼连忙夹着尾巴，头也不回地逃走了。

夜晚终于恢复了宁静。

主意（俄罗斯）

西伯利亚的冬天，万物噤(jìn)声，只听得见寒风永不停歇的呼啸。风像无形的鞭子，抽打着这片广袤的土地。松柏簌(sù)簌作响，白桦树在颤动之余，不忘瞪大黑色的眼睛，关注森林里发生的一切。

只见林间空地上，一个戴毡帽的猎人正挥着铁锹挖坑。他顶着寒风，搜罗了好些枯树枝，小心地用它们盖住洞口。直到陷阱隐蔽得近乎完美，猎人才搓着手乐呵呵地离开。

“唰——”，一只狐狸跑过，他只顾盯着树梢，压根儿没注意脚下。“扑通”一声，狐狸摔进了坑里。

“沙沙”，一只仙鹤飞过，他落到地面上寻找食物，却被密密匝(zā)匝的枯枝缠住了脚。可怜的鸟儿挣扎了好一阵也没能挣脱，反而重重地跌进了坑里。

两个倒霉的家伙在坑底碰了头，一时都不知道怎么才能逃出去。

狐狸急得在坑里乱转，坑里的尘土全被他翻了起来。他还惦记着枝头的鸟儿，懊恼自己错失了一顿美餐。仙鹤则安静地缩在坑的一角。他并非不想飞走，只是双脚被枯枝紧紧缠住，站都站不稳，更别说飞了。

“得先把碍事的枯枝解开，”仙鹤心想，“可谁能帮我呢？”他望了望还在转圈的狐狸，叹了口气，低下头来一边啄着地面，一边沉思自己现在的处境。不一会儿，仙鹤就想出了一个主意。

狐狸转啊转，脑海中接连浮现了许多主意，它们就像热锅里的泡泡，咕噜咕噜冒个不停。狐狸大喊着：“我有主意！我有一百个主意！一千个主意！不，不，应该是我有一万个主意！”仙鹤瞥了兴奋的狐狸一眼，心中默念：“我只有一个主意。”他一下接一下地轻啄着面前的泥土，静待时机到来。

狐狸见仙鹤一言不发，只顾着啄泥土，不免轻蔑道：“真是个笨家伙！这么啄有什么用？地这么厚，难道能被你啄穿吗？”他看着仙鹤，更觉得自己聪明绝顶，简直没法停下得意的脚步：“哼哼，我可是有一百个、一千个、一万个主意！一万个主意！”

过了不久，猎人来了，他来视察自己的陷阱里有没有什么收获。

狐狸听到脚步声，转得更快了，嘴里一刻不停地念叨着：“一万个、一万个、一万个主意！”仙鹤也听到了动静，他忽地头一歪，两脚朝天倒在了地上。啊！可怜的鸟儿，竟然被这声音给活活吓死了！

提问

难道仙鹤真的被猎人的声音吓死了吗？

猎人扒开剩下的枯枝，看见坑里有一只狐狸和一只仙鹤。狐狸翻滚打转，很有精神。仙鹤躺在坑底，似乎没有一点儿生气。他一下就明白过来，厉声喝道：“狐狸，你这坏家伙！竟把我这么好的一只鸟儿给咬死了。”在这片冻土上，仙鹤可是长寿、和平和自由的象征。

事已至此，猎人只好抓住仙鹤的脚，先将这可怜的鸟儿提出来。他解开纠缠的枝条，将僵硬的仙鹤暂时搁在一旁，准备把可恶的狐狸捉上来，狠狠揍他一顿。狐狸还在坑里一个劲儿跑着，他知道自己绝不能被捉住，但是，用哪个主意好呢？他可是有一百个、一千个、一万个主意啊！

猎人刚转过身，地上的仙鹤就扑棱飞了起来。真正聪明的鸟儿不屑多话，他挥动翅膀，一眨眼就飞出森林，消失在了冬日的苍茫天空中。

狐狸呢？狐狸有一万个主意，最终却成了猎人的皮大衣。

金冠大公鸡（俄罗斯）

很久以前，林间小屋里住着三只小动物——小猫、鸫(dōng)鸟和一只金色鸡冠的大公鸡。他们一起唱歌、玩耍，日子过得无忧无虑。然而，森林的暗处，危险正在悄悄逼近……

这天，猫和鸫鸟出门砍柴，留公鸡看家。两个朋友对公鸡有些放心不下，注意事项一条接一条说个不停。临行前，他们又郑重叮嘱公鸡："我们要去很远的地方，你就待在家，哪儿也不要去。小心那只新来的狐狸，他和你搭话，你千万别理他。"公鸡"喔喔喔"地答应了。

果然，他们一走，狐狸就来了。他坐在小屋的窗子下面，以确保公鸡能听到自己的歌声。他这么唱着：

公鸡呀大公鸡，
金鸡冠的大公鸡，
你的脑袋油亮亮，
你的羽毛也一样，
请你探头瞧一瞧，
我把豆儿给你嚼。

公鸡很惊喜，没有丝毫防备地立刻把头探出了窗外。就在这一瞬间，狐狸猛地跳起来咬住了公鸡的脖子。接着，他甩甩尾巴，得意扬扬地拖走了公鸡。

一路上，公鸡这么叫着：

喔喔喔，喔喔喔，
狐狸使诈把我抓，
穿过森林黑又长，
跨过河流急又狭，
翻过山头高又尖，
小猫呀，鸫鸟呀，
快来救救朋友吧！

远处的猫和鸫鸟听见求救声，急忙丢下手中的柴火，拔腿往回跑。他们奔过原野，跃过小溪，终于追上了可恶的狐狸。他俩二话不说，对着狐狸又是抓又是啄，费尽力气，终于从他嘴里救下了公鸡。

点拨

小猫和鸫鸟对公鸡情意深重。

过了几天，猫和鸫鸟又要去砍柴了。他们检查好门窗和烟囱，接着严肃地告诫公鸡：“朋友，还是那句话，小心狐狸。他要是开口，你可不能再上当了。这次我们走得更远了，很可能听不到你的求助。”公鸡朝朋友们点点头，态度坚决地答应了。

狐狸一早就藏在不远处的树丛中，此时，他正紧盯着小屋的门窗。看到猫和鸫鸟离开家，他就轻手轻脚地溜到窗子下，清清嗓子，唱了起来：

公鸡呀大公鸡，
金鸡冠的大公鸡，
你的脑袋油亮亮，
你的羽毛也一样。
请你探头瞧一瞧，
我把豆儿给你嚼。

他的声音仿佛有种特殊的魔力，像春天温柔的晚风，徐徐吹进了屋里。公鸡听得心痒难耐，忍不住想探出头看看。可猫和鸫鸟的叮嘱还在耳边回响，他犹豫了。

见公鸡不动摇，狐狸眼珠子咕噜一转，有了！他接着唱：

孩子们，四处跑，
金麦粒，满地抛，
母鸡咯咯把它啄，
就是不给公鸡……

“什么？”公鸡的眼睛一下子瞪大了，他气呼呼地探出头问，“凭什么不给我吃？”

狐狸嘿嘿一笑，眼疾手快咬住公鸡，转身就往洞里跑。

一路上，公鸡扯着嗓子大叫：

喔喔喔，喔喔喔，
狐狸使诈把我抓，
穿过森林黑又长，
跨过河流急又狭，
翻过山头高又尖，
小猫呀，鸫鸟呀，
快来救救朋友吧！

猫和鸫鸟刚砍完柴，听见远方传来的呼救声，心头一紧，急匆匆往回赶。猫在地上狂奔，身影像风一样迅

捷；鹈鸟在空中疾驰，翅膀扇得呼呼作响。这一次，他们追得更快，终于在森林边上截住了狐狸！

猫瞄准狐狸的尾巴，狠狠扑上去；鹈鸟揪住狐狸的鼻子，用尖锐的喙（huì）猛啄。他们互相配合，毫不留情。狐狸痛得嗷嗷直叫，只好松开了嘴。公鸡趁机跳出来，扑棱着翅膀，躲到了朋友们身后。

狐狸对付不了他们三个，只好悻悻（xìng）[1]地离开了。

一段时间后，柴火又用完了，猫和鹈鸟不得不再次出门砍柴。这一次，他们更加严厉地告诫公鸡："朋友，这回我们要去森林最深处，真的听不到你的声音了。所以，无论狐狸耍什么把戏，你绝对——绝对不要探头瞧！"公鸡"喔——"地长鸣一声，信誓旦旦地点了点头。

狐狸果然没死心。他埋伏在小屋四周，耐心等待着。长长的尾巴轻轻扫过落叶，发出细微的沙沙声。他等啊等，直到猫和鹈鸟的身影完全消失在森林尽头，才迈着轻快的脚步，来到老位置，唱了起来：

公鸡呀大公鸡，
金鸡冠的大公鸡，
你的脑袋油亮亮，
你的羽毛也一样。
请你探头瞧一瞧，

[1]悻悻：恼怒失意的样子。

我把豆儿给你嚼。

公鸡一动不动，狐狸就接着唱：

孩子们，四处跑，
金麦粒，满地抛，
母鸡咯咯把它啄，
就是不给公鸡……

公鸡还是一动不动，狐狸捻了捻胡须，思考片刻，接着唱道：

狂欢节，人挤人，
香榛子，随地扔
母鸡咯咯把它啄，
就是不给公鸡……

提问

狐狸三次用歌声逗引公鸡，都成功地诱使公鸡上了当，你认为公鸡为什么会频频落入狐狸的语言陷阱呢？

公鸡顿时火冒三丈，探出头大叫："喔喔喔！凭什么还是不给我？"

狐狸又得逞了。他纵身一跃，锋利的牙齿"啪"地钳住了公鸡的脖子，随后叼着战利品，乐滋滋地回家了。

一路上，公鸡又叫又闹。他们穿过森林，林中昏暗，树木茂密得连阳光也穿不透，公鸡吓得缩紧翅膀，低声哀鸣。他们跨过河流，水流湍急，冷冰冰的水珠溅到公鸡身上，冻得他浑身发颤。他们又翻过山头，山峰高耸，层层叠叠的云遮住了远方的光亮，公鸡什么也看不到，只能无助地嚎叫。

可是，小猫和鸫鸟实在走得太远了，无论公鸡怎么叫，他们也听不到一点求救的声音。天色渐晚，他们背着柴火回家，推开门才发现，公鸡不见了！

幸好，狐狸百密一疏，留下了脚印。循着深深浅浅的印记，小猫和鸫鸟翻山越岭，找到了狐狸的洞穴。洞穴幽深，透着神秘又危险的气息，他们不敢贸然进去。

“怎么办？”鸫鸟看向小猫。

小猫有办法。只见他拿出古斯里琴②，仔细调试琴弦后，轻声弹唱起来：

> 嘚零零，嘚零零，
> 我拨动金弦的古斯里。
> 亲爱的狐狸可在家？
> 温暖的洞里应有他，
> ……

狐狸听着琴声，渐渐沉浸其中，尾巴也情不自禁地摇了起来。“是谁呢？”狐狸嘀咕着，“琴弹得这么好，歌声也这么甜，我要出去瞧一瞧。”

他一露头，就被猫和鸫鸟逮了个正着。他俩一顿痛扁，打得狐狸连声求饶，发誓再也不敢耍诡计诱骗公鸡了。公鸡被成功解救了出来，他坐在柳条筐子里感激地望着

②古斯里琴：俄罗斯最古老的拨弦乐器之一。

朋友们，接着和朋友们一块儿回家了。

这次危机让公鸡长了教训。此后，有警惕心的他和两位朋友平安、快乐地生活，一直到今天。不信你听，远方是不是传来了琴声？那是小猫在弹奏古斯里琴，为公鸡美妙的歌声伴奏呢！

小母鹅（意大利）

春风携着远方湿润的气息，拂过母鹅们洁白的绒羽，又到她们前往芦苇丛生蛋的季节了。母鹅们理了理羽毛，彼此招呼着，向着目的地出发了。

走到半路，一只小母鹅突然停了下来。

“亲爱的，你怎么了？”大家关切地问她。

小母鹅面露难色：“姐妹们，我恐怕坚持不到芦苇丛了，我现在就想要生蛋，一刻也等不了。”

这只小母鹅很年轻，喙色鲜亮，对芦苇丛的意义知之甚少。因此，面对母鹅们的挽留，她摇了摇头，只留下一句“夏天再见”，便一头冲进了树林。

你知道吗

芦苇丛是母鹅理想的孵蛋地点。它具有良好的隐蔽性，能够帮助母鹅减少外界的干扰和威胁，将大大提高鹅蛋孵化的成功率。

小母鹅很快找到了一棵高大的橡树，她在草木间筑巢，顺利生下了第一颗蛋。蛋白皙透亮，散发出蓬勃的生命力。小母鹅兴奋极了，迫不及待地要去为孩子寻找新鲜的食物。

可当她带着好不容易找到的食物回来，蛋却失踪了。

她四处张望，林子里空荡荡，只有风吹树叶的沙沙声不停回响。

“树下还是太危险。”小母鹅伤心地想。

第二天，她将蛋下在了高高的树杈上，心想这儿一定安全。可等她觅食回来，第二颗蛋又不见了。她焦急地到处找，却始终不见一点儿踪迹。忽然，树皮上几根红褐色的毛吸引了她的注意——树林里只有一个家伙拥有这样的毛色。

“狐狸！”她惊叫一声，气得翅膀直抖。可渐渐地，怒火被一阵寒意取代，那可是凶恶又狡猾的狐狸。

小母鹅努力使自己镇定下来，她知道，光害怕没用，要赶快想个办法才行。她灵机一动，快步跑出了森林，来到镇上的铁匠铺，恳求道：“铁匠先生，我需要一座铁房子，您能帮忙吗？”

“当然，不过这可不容易，我需要很多材料。”铁匠沉思了一会儿，“你能提供一百对鹅蛋作为报酬吗？”

见小母鹅不假思索地点点头，铁匠便开始工作了。他抡起锤头，绚丽的铁花四溅飞舞，铁块在敲击下逐渐成形。而小母鹅，随着一下接一下的敲击声，一个又一个地下着蛋。

第一百下，蛋堆成了山。

第二百下，一座坚固漂亮的小铁屋出现了。

小母鹅满意极了，谢过铁匠，便扛着小铁屋回到了树林。她将铁屋放在溪边的芳草地上，这是她能找到的

最好的地方了，孩子们既能吃到新鲜的绿草，还能用清澈的溪水洗澡。

可当她静静地坐在屋前，看着溪水中倒映的自己时，心里忽然涌起一丝淡淡的失落。她想起了沼泽地，那儿水草丰茂，觅食毫不费力；姐妹们会互相梳理羽毛；傍晚时分，

大家簇拥着睡在苇草里，听着波浪拍岸的声音入梦……想到这里，她不禁叹了口气。

不过，回过头来看见眼前的小铁屋，小母鹅又高兴起来。她钻进去，关上门，下了最后一批蛋。

正当她哼着歌孵蛋的时候，

“咚咚”，不知是谁敲响了小铁屋的门。

“是谁呀？”

“我是鹅妈妈的朋友，来拜访她。”

“她正在孵蛋，不方便开门。”

“那可怎么办？我还带了礼物呢。”

“那就把礼物留下吧。”

见小母鹅坚持不开门，外面的家伙伸出爪子试图推开铁门，但门纹丝不动。他着急了，推门的力气越来越大，最后变成了猛烈的拍打：“母鹅，快给我开门！”

“我就知道是你，狐狸！”

原来，狐狸在橡树下怎么也找不到鹅蛋和小母鹅的踪影，费了好大的劲儿才找到这里。诱骗不成还被揭穿了身份，他恼羞成怒，露出白森森的尖牙。

狐狸跳上屋顶，“乒乒乓乓”地四处乱窜，想把屋子踩塌。可是每踩一下，铁屋就发出“当！当！”的回响，震得他爪子发麻。狐狸气急败坏，狠狠一跺脚，结果脚底一滑，从屋顶上摔了下去，正好摔进屋前的小溪里。

小母鹅透过窗户看到这一幕，笑得前仰后合。而狐狸从溪水里爬起来，甩了甩湿漉漉的尾巴，狼狈地逃走了。

提问

你认为小母鹅都具有哪些形象特征呢？

几天后，蛋壳裂开了，一群可爱的小鹅钻了出来，叽叽喳喳地叫着：“妈妈，妈妈！”

可惜这样欢喜的日子还没过多久，狐狸又来了。他装出一副善良的样子，约小母鹅第二天早上一起去赶集。因为还有小鹅在外头玩耍，小母鹅怕狐狸即刻撕破脸皮，只好先应付下来，等狐狸走了，她赶紧把孩子捞进屋，思考起了对策。

第二天一早，小母鹅给孩子们喂了饭，叮嘱他们好好待在家里，接着独自去赶集了。

刚过八点，狐狸便敲响了门。

"妈妈不在家，我们不给你开门。"小鹅们齐声回答。

狐狸龇了龇牙，心想，一群讨厌鬼，我先吃你们妈妈再来吃你们，一个也别想跑。他柔声问："好孩子，你们妈妈什么时候走的？"

"妈妈一早就走了。"

来不及听下面的话，狐狸一溜烟跑了，按这个时间，母鹅一定在回来的路上。果然，小母鹅买完了东西，正气喘吁吁地往家赶。远远看见狐狸的大尾巴，她慌得站不住脚，环顾四周也没有可以躲的地方。就在她眼神扫过赶集买的大汤碗时，突然灵光一现，她立刻蹲下身，将碗翻过来，盖在了头顶上。

"咦，哪里来的小祭坛？"狐狸停下脚步，"真别致，我来祈祷一下。"他许愿自己顺利抓到母鹅，接着恭恭敬敬地奉上一枚金币才离开。

小母鹅钻出汤碗，捡起金币，飞奔回了家。

狐狸在集市上怎么也找不到母鹅的身影，直到暮色降临，人们收摊回家，他才意识到自己好像被一只母鹅要了。

狐狸感到难以置信，他拖着又饿又累的身子，敲响了小铁屋的门。

“谁呀？”

“是我，狐狸。你怎么没等我一起去集市？”

“晚了天太热了，我就先去了。再说，我们不是遇到了吗？”

“我怎么没看到你？”

“我就在那个小祭坛里呢！”

聪明的狐狸真的被要了。他火冒三丈，又跳上铁屋子，连踢带打一顿发泄。屋子仍旧坚固如初，狐狸耗尽了力气，无功而返，气得几天没露面。

这天早上，狐狸又来了，装出一副不计前嫌的样子，约小母鹅周六早上去赶集。

“我想我们还是确定一下时间，免得像上次一样错过了，多可惜。”

“那就七点吧。”小母鹅说。

周六那天早上，小母鹅天不亮就起

了床，她给孩子们准备好食物，叮嘱他们无论如何都不要开门，便提着篮子出门了。

刚到六点，狐狸来了。小鹅们隔着门告诉他，妈妈已经走了。狐狸拔腿就追，心想这回一定要逮住母鹅。

母鹅正在西瓜摊前挑选西瓜，瞥见狐狸，她急忙往西瓜堆里钻。但眼看狐狸就要走到跟前，她急中生智，找准最大的那个瓜，咬开一个口子，一边啃咬瓜瓤，一边挤进了瓜里。狐狸找不到母鹅，索性决定先来挑个西瓜解解渴，他这回跑得太快，喉咙像着火一样刺痛。

他来到摊前，这个敲敲，那个摇摇，都觉得一般。蓦地瞧见一个大得出奇的西瓜，他眼睛亮了："这个好！"他捧起西瓜，一口咬了上去。躲在里面的小母鹅见状，张大嘴，也给狐狸来了一下。

"哎哟，这瓜怎么尝起来是痛的。"狐狸立刻扔掉西瓜，瓜"咕噜噜"滚到了集市边上，撞上一块石头，裂开了。小母鹅趁机跳出来，顾不上拿起篮子，飞快地回了家。

狐狸等到晚上，面对满天繁星，只好承认自己又被母鹅耍了！他发誓，下次一定要一雪前耻，把鹅妈妈和小鹅们统统吃光。

过了一星期，狐狸叼着一根香喷喷的色拉米肠，敲响了小铁屋的门。

"谁呀？"

"是我，狐狸。鹅太太，我们还是和好吧，一起吃顿晚饭，过去的事就别计较了。"

"可以倒是可以，但我们家没有你吃的东西。"

"这个简单，我准备食物，你负责碗筷就好。你瞧，我今天就带了香肠来，我是认真的。"

小母鹅一点儿也不相信他的甜言蜜语。但往后几天，狐狸真的送来了许多好吃的，今天是奶酪，明天是一整只鸡。食物都是他在附近农庄上偷的，堆满了小铁屋的大厅。难道他真的改变了？

聚餐这天，狐狸早早来了，为了能吃下小母鹅一家，他已经两天不吃不喝，肚子都饿瘪了。可到了铁屋门口，问题来了——狐狸带来的食物堵住了门，小铁屋完全打不开了。

“狐狸，你从窗户进来吧。我扔个绳子，你把它套在脖子上，我拉你上来。”

狐狸急着吃鹅肉，想也没想，便把头套进了绳结。小母鹅见他上套，立刻用力往上拽，绳结越来越紧，狐狸被勒得喘不过气。这时候，他终于回过味来，赶忙蹬腿挣扎。可绳结已经套上，他越扑腾反而让它紧得越快。几次呼吸间，狐狸没气了。小母鹅叫了两声“狐狸，狐狸”，没有得到应答。她猛一放手，狐狸就仰头摔了下去，倒在草地上，四肢僵直，一动不动。

解决了这个大麻烦，小母鹅终于能大敞着铁屋的门，招呼孩子们愉快地出去玩了。小鹅们你推我挤，自由地涌出了家门。

某天，小母鹅听到了一阵叫声和扑打翅膀的声音，由远及近，是她的姐妹们回来了。回归的母鹅们走在前面，后面跟着一大群活泼的小鹅，小母鹅与她们汇合，讲了智斗狐狸的曲折经历。姐妹们听得津津有味，对坚固的小铁屋赞不绝口。她们争先恐后地奔向镇上，几乎踏破了铁匠铺的门槛。

从那以后，森林的草地上闪烁着一座座银光闪闪的小铁屋，鹅妈妈们安心孵蛋，小鹅们在屋前嬉戏，再也不用担心狐狸的侵扰了。

第二章

精怪魔法

寻找命运之旅（希腊）

从前有位老婆婆，她既没有丈夫也没有孩子，一直和唯一的朋友——母鸡住在一起。母鸡和她一样，勤劳又善良，为了给老人补充营养，每天都下一个蛋。但不知为什么，鸡蛋总是莫名其妙消失。可怜的老婆婆试了各种办法，就是抓不到小偷。

某天，有人告诉老婆婆，不死的太阳知道世间一切真相。于是，老婆婆带着礼物，踏上了拜访太阳的旅程。

任务

在拜访太阳的过程中，老婆婆会有怎样的奇遇呢？拿出笔来画一画吧！

走着走着，老婆婆碰见了三个满面愁容的姑娘。她们是同胞姐妹，活泼又漂亮，却怎么也得不到爱情的垂青，于是终日叹息。三姐妹和老婆婆搭话，问她要去哪儿。老婆婆就告诉她们，自家的鸡蛋总是被偷。

“所以，”她眼神坚定又明亮，“我要去找无所不知的太阳，问问她，究竟是谁这么狠心，偷走了可怜老太婆的鸡蛋。”

姑娘们听了，像一群蝴蝶似的扑到老婆婆面前，哀求她说：“哦，亲爱的婆婆，既然你要去找不死的太阳，求你顺便打听一下我们的事儿吧！问问她为什么爱神的小鸟不愿飞进我们家的门？”

她们叽叽喳喳地围住老婆婆，不停央求她。老婆婆招架不住，只好答应：“好吧，好吧，姑娘们，我会问问她的。”

老婆婆继续向前，走着走着，遇到了邻村的阔老爷。正值酷暑，老婆婆穿着单衣热得满头是汗，阔老爷穿着至少三件裘皮大衣，却冻得嘴唇发紫、浑身哆嗦。他看见老婆婆，听说她要去找不死的太阳，连忙拉住她，苦苦哀求

说:“老婆婆,求你也向不死的太阳打听一下我的事吧!问问她我是怎么了,为什么不管穿多厚的衣服都感觉不到暖和呢?”他伸手想擦眼泪,泪水却在流下的瞬间结成了冰。

“可怜人,”老婆婆于心不忍地别过脸,“我会问她的,但不一定能得到答案。”

老婆婆继续向前,走着走着突然脚步一顿,一条大河横亘在她眼前。那条河浑浊得看不到底,河面上不时冒出血色的泡沫。水流剧烈翻腾,好像一条狂暴的巨蛇在疯狂扭动。老婆婆觉得脚底发凉，像是侧立在一只怪物的嘴边。她想绕道走，双腿却被吓软了，怎么也迈不开步子。

就在这时，大河的声音猛地炸开，问老婆婆要去哪儿。老婆婆哆哆嗦嗦，又把事情说了一遍。大河瓮声吩咐她："这样的话，你也向她打听一下我的事儿，问问为什么我的水流总是流不顺畅。"

"遵……遵命，尊敬的河。"老婆婆颤抖着走开了。

渡过大河，老婆婆抬头一看，已经是傍晚了，橘红的夕阳在不远处摇摇欲坠。她"哎哟"一声，拔腿就跑，终于赶在日落前登上了山顶。不死的太阳就坐在那儿，悠闲地哼着歌，打理着一头顺滑的金发。

见到老婆婆，她惊喜极了，起身说："欢迎，欢迎！"同时递过去一张凳子，请老婆婆坐下。等老婆婆的呼吸平稳下来，不死的太阳才开口询问："你好，老婆婆，你为什么来这儿呢？"

老婆婆先说了鸡蛋总被偷的事，接着恳求太阳："所以我特地来找您，不死的太阳，求您告诉我小偷是谁。我先前不知道，总怀疑身边的人，还在心底咒骂他们，这让我觉得很不好受。"

为表谢意，老婆婆打开包裹，拿出她带的礼物——满满一袋自家种的新鲜水果和整整一篮早上刚烤的小面包。面包冒着热气，喷香扑鼻。

不死的太阳嗅了嗅这香甜味道，立刻回答说："老婆婆，偷鸡蛋的人就是你的邻居老头。不过，你什么也不用说，什么也不用做，他马上就要得到应有的惩罚了。”

解决完自己的事，老婆婆接着问不死的太阳：“来找您的路上，我碰到三个漂亮姑娘，她们哀求我打听打听她们的事儿。不死的太阳，为什么她们遇不到好的爱情呢？”

“哈，我知道你说的是谁，”不死的太阳冷哼了一声，“她们三个游手好闲、不爱干净，屋子脏得挂满了蜘蛛网，爱神的小鸟怎么愿意飞进去？如果她们想改变现状，必须每日打扫，保持房屋整洁。”

“然后，一个穿三件裘皮大衣的阔老爷也请我帮忙，他说自己无论穿得多厚，都感觉不到暖和。这是怎么回事呢？”

不死的太阳皱起眉，语气比之前还要冰冷：“呵，三件皮衣，多少人一件单衣也买不起呀！你叫他施舍两件给穷人，只有良心安稳了，他的身体才会变得暖和。”

“还有一条深得发黑的大河，他的水流纠缠在一起，河底尽是血色的漩涡。他请我帮忙问一问，他要怎么做才能流得顺畅？”

不死的太阳叹了一口气，眼神飘向远方：“很多年前，有个年轻人在那条河里游泳，暗流夺去了他年轻的生命。他的母亲日日流泪，泪水哭干了，就哭出鲜血，把河水也染红了。你说，河怎么能顺畅呢？你告诉他，怀着一颗慈悲心奔流吧，在第一千个人平安渡河后，他就能流得顺畅了。”

得到了心中所念的全部答案，老婆婆起身道谢。她轻吻了太阳的手，匆匆离开了。请原谅，她的母鸡朋友还在家里等着呢。

老婆婆离大河还远，就听见汹涌的水声熊熊而起，传达着大河不满的心情。老婆婆畏手畏脚地走上前，复述了太阳的话。大河听了，依旧咆哮着拍打两岸：“谁叫他非跑我这儿游泳？这难道是我的错吗！”他毫无悔意，老婆婆吓得头也不回地跑了。

老婆婆换了条路，走着走着，她看到屋顶飘起了缕缕炊烟，是晚饭时间到了。她一点儿没迟疑，径直走去那个一直喊冷的阔老爷家，对他说了太阳的话。阔老爷谢过老婆婆，他家的仆人正好端上饭菜，他就邀请老婆婆坐下来一起吃。饭菜都是顶新鲜顶美味的，老婆婆几乎舍不得离开。

再之后，老婆婆去找那三个姑娘。她们眼巴巴地守在路边，生怕错过老婆婆，家里的屋子仍然一点儿没有打扫。看到她们，老婆婆走过去，告诉她们必须按不死的太阳交代的，好好打扫屋子。此后，三姐妹总是早早起床清扫房屋，把房子打扫得干净又整洁。果然，追求者从四面八方涌来了，一个接一个地想要求娶三位姑娘。

老婆婆终于回到家，她累得倒头就睡。第二天刚一醒来，村里传来一阵骚动，是她的邻居，那个可恶的小偷，他的脸上竟然长出了母鸡的羽毛，手指也变得像鸡爪一样又细又硬！

邻居知道这是自己偷鸡蛋的报应，他害怕村里人的议论，再也不敢出门，就连夜里也睡不安稳。没多久，他便在恐惧中一命呜呼了。从此，老婆婆的鸡蛋再也没有少过。

多年后的一天，老婆婆安详地闭上了眼，母鸡就陪在她身侧。黄昏时分，两只金色的小鸟飞向天边，冲进了不死的太阳怀中。

提问

故事的题目为什么叫作《寻找命运之旅》呢？其中人物真正改变命运的契机又是什么呢？

海水为什么咸（挪威）

圣诞节就要到了，尽管寒风依然刺骨，节庆的欢乐氛围却像一条金色小河，慢悠悠地浸润着整座小镇。透过形形色色的窗户往里看，有的人家欢声笑语，孩子们在圣诞树下拆着礼物；有的人家烛火明亮，餐桌上摆着油亮的烤火鸡和刚出炉的苹果馅饼；也有的人家破旧贫寒，一块面包、一点肉，甚至一捆做饭的柴火都没有。

这家的男主人对着冰冷的炉子坐了许久，终于站起身，套上外套，像是下定了某种决心，踏进了门外呼啸的风雪中。

他走到镇上最大的一座房子前，犹豫片刻，还是敲响了门。屋内炉火正旺，弥漫着热红酒和肉桂的香气，他的哥哥正躺在摇椅上休息。见到他进来，哥哥没好气地说："瞧瞧是谁，不是说过再也不来打扰我吗？"

点拨

兄弟俩境遇的差异反映了这一时代挪威的贫富差距之大。

弟弟低下头，言语中满是恳求："哥哥，我实在没有办法了，求求您。"

富哥哥脸上露出不耐烦的表情。“好吧，我给你一些食物，”他话锋一转，“不过你得保证，从今天起不再踏进我家一步。”

穷弟弟急忙点头，感恩戴德地接过一小块培根、两块面包和几根蜡烛，随后抱紧食物离开了。他在街上走着，迎面遇到一个白胡子老人。老人面色憔悴，走路时一瘸一拐，似乎很久没有吃过东西了。

“行行好，年轻人，给我点吃的吧。”老人乞求道。

穷弟弟看看怀中食物，又看看老人，终究于心不忍，走上前去：“要过圣诞了，谁也不该挨饿呀。”他分出一块面包、一根蜡烛递给老人，正准备切培根时，老人拦下了他：“够了，已经足够了。”

老人三两口吃下面包，看似恢复了一些气力。他轻声说：“年轻人，你是个善良的人，我告诉你一个秘密。镇外不远处有个洞穴，里面有一群与世隔绝的人，他们的宝物——神磨——能磨出很多东西，但唯一磨不出来的就是培根。你带培根进去，他们一定会想方设法和你交易。你什么都别要，就要那台磨。拿到后，你回这儿找我，我教你怎么用。”

穷弟弟有些犹疑，但见老人神色诚恳，不像骗子，他也就决定一试。他穿过镇外森林，果然发现了一个洞穴，走进去后，一群人看到他手里的培根，争着抢着想买一块。穷弟弟想到老人的话，故作为难地说：“唉，我原本是想留这块培根作为圣诞晚餐的，既然你们这

么需要，我也可以割爱。只不过，你们必须用那台神磨来交换。”

那些人当然很不情愿，极力地讨价还价，但培根实在太诱人了，他们轮番咽着口水，终于答应了。

扛着磨的穷弟弟回到了老人那里，像个得胜归来的将军。老人如约教他如何启动这台磨，又教给他磨出不同物品的口诀。“咚咚”，不知不觉间，夜色已深，圣诞钟声敲响了第十二下。穷弟弟恍然惊觉，谢过老人，便匆匆赶回家中。刚踏进门，妻子愤怒的声音直冲耳畔：“你去哪了？我等了你好久，你知不知道，家里连做饭的柴火都没了！”

他不慌不忙地走上前，轻按住妻子的肩膀，引她坐到椅子上。“亲爱的，别生气，我遇到一些事耽误了，你看我带回了什么。”他将磨放到桌上，然后叽里咕噜念出一大段咒语，磨缓缓转动起来。一盏亮得惊人的灯首先冒了出来，接着是一张精美的桌布、一桌丰盛的晚餐——烤鹅、热汤、红酒……它们整整齐齐地摆在桌上，与这间破旧的房子格格不入。

妻子目瞪口呆，好一会儿才恢复声音，嘴唇颤抖着说：“这……这是一台神磨啊！”

神磨的出现，将穷弟弟一家的圣诞节变得格外温暖。他和妻子都觉得这是上天的恩赐，不应该独占它的好处，就准备好美味的食物，邀请亲朋好友一起来享用。

富哥哥也在受邀之列。他看着眼前的盛宴，咬牙切齿，嫉妒得眼睛都红了。这个一直不如自己的弟弟，现在竟比自己还富有。对着满桌亲朋，他不无恶意地揣测道：“谁知道他从哪儿搞来的食物，圣诞节前一天，他还低声下气地跟我讨东西呢。”

弟弟尴尬地笑了笑，连忙岔开了话题。然而，酒过三巡，他憋不住将磨的来历吐了个明明白白。怕他们不信，弟弟还当场用神磨变出了一盘烤肉。

富哥哥死死盯住那台磨，仿佛一头盯上肥美猎物的饿狼。他用自己多次接济的恩情要挟弟弟，要他把磨卖给自己。弟弟难以拒绝，只好推脱说，等收割干草的季节到了，哥哥还想要磨的话，可以用三百元来交换。

在那一天来临前，弟弟日夜不停地念着咒语。磨变出的东西塞满了地下室，塞满了仓库，塞满他们家的新房子，而磨依旧崭新。时间一到，富哥哥如约前来带走了磨，只是他太着急，忘了向弟弟请教怎么使用它。

回到家，富哥哥的妻子已经出门割干草了，富哥哥来到厨房，准备用神磨变出一桌美味佳肴。他深吸一口气，喊道：“神磨啊神磨，磨出美味的鲱(fēi)鱼肉汤吧！”

神磨闻声启动,鲱鱼肉汤源源不断地流了出来,盘子、碗、锅很快就都装满了，但汤依然不停地涌出来，直到淹没了整个厨房。富哥哥慌了，口中胡乱念着各种各样的咒语，试图让磨停下。但磨根本不听他的，肉汤很快淹没了整座房子。富哥哥连滚带爬地逃了出来，却发现洪水一样汹涌的肉汤正对他穷追不舍呢。

他用尽力气跑到弟弟家，请他帮忙阻止这台磨，不然用不了多久，整个镇子就要变成鲱鱼汤海了。于是穷弟弟念了一段咒语，磨终于停下了。富哥哥狠狠踢了一脚神磨，发誓再也不想看见它。

穷弟弟拿回磨，磨出一些金子，在海边建起一座金碧辉煌的农场。被摆在中央展览的神磨成了远近闻名的传奇，过路的游客、来往的船只没有不知道神磨名声的。

这天，一个船长来农场参观，他定定地望着神磨，许久后询问:“它能磨出盐吗?”

“盐？当然，除了培根，它能磨出任何东西。”

船长心花怒放，说什么也要买下它。有了这台磨，他和海员们就不必为了盐出海，豁出性命与风浪搏斗了。弟弟很同情他们的境遇，立刻答应了交易，他刚准备教给船长咒语，“嘟——”，开船的鸣笛声轰然响起，船长不得不离开了。

等船驶出港口，走上预定的航线，船长把磨拿到了甲板上，念着:“神磨呀神磨，快磨出盐来吧!”

磨盘应声低鸣，雪白的盐粒从中流出，越流越快，越堆越高，顷刻间立起了一座盐山。船长感觉不妙，叫磨停下，可磨只一味地转动着。因为担心船承载不住，船长狠下心，将磨推进了望不见底的沉沉大海。

多年过去，没人再知道磨的位置，叫停它的咒语也遗失了。幽深的海底，磨不分昼夜、不知疲倦地转动着。这也许就是海水有咸味的原因。

你知道吗

海水有咸味的原因并不是这个哦！汇入大海之前的湖泊和溪流，在流经岩石和土壤时，带走了上面附着的溶解物，其中就包括盐分。每年，河流为大海带来的盐分约有40亿吨，因此即便淡水流入了海水中，海水仍然还是那么咸。

聪明的牧羊人（意大利）

从前有个小牧羊人，心地不坏，却十分顽皮，总爱捉弄别人。有一天，他放羊回家，遇见一个卖鸡蛋的农妇。见装鸡蛋的篓子被农妇顶在头上，他心里痒痒，忍不住向里面扔了一块石头。结果鸡蛋全碎了，黏稠的蛋液流得农妇满身都是。

农妇气得眼泪汪汪，她好不容易攒下来这些蛋，正要拿去市场上卖。她瞪着小牧羊人，愤怒地说："坏小孩，我诅咒你永远长不大，除非你能找到住在三只会唱歌的苹果里的仙女——巴尔加利娜！"

诅咒即刻生效，往后的日子里，小牧羊人越发虚弱，身体也越长越小。他的妈妈忧心不已，觉得是自己没照顾好他。小牧羊人心里愧疚，他知道，自己遭遇的这一切，都是从前无礼行为带来的后果。为了让妈妈不再流泪，为了解除这个可怕的诅咒，痛改前非的他决定背上行囊，去寻找传说中的巴尔加利娜。

小牧羊人来到一座桥上，看到一个小仙子在核桃壳里荡秋千。他走上前，毕恭毕敬地问："您好，仙子，我正在寻找美丽的巴尔加利娜，她住在三只会唱歌的苹果里，请问您见过她吗？”

“我没有见过。”小仙子摇摇头。不过，她很喜欢这个礼貌的孩子，决定帮帮他：“我送你一块石头，希望能派上用场。”小牧羊人谢过小仙子，拿着石头离开了。

任务

小牧羊人决定改过自新后，都得到了哪些人的帮助呢？试着找一找吧！

他走到另一座桥上，看到一个小仙子正舒适地泡在鸡蛋壳中，水面漾(yàng)起了淡淡的波纹。他走上前，彬彬有礼地问：“打扰了，您有巴尔加利娜的消息吗？她也是位仙子，住在三只会唱歌的苹果里。”

小仙子微笑着说：“我不认识她，不过我送你一把象牙梳子，以后一定能帮到你。”

小牧羊人谢过仙子，将梳子小心地收到怀里，继续往前走。他路过一条湍急的小溪，一个奇怪的人正往袋子里装雾气。小牧羊人就走过去，帮他扯着口袋，并询问他是否有巴尔加利娜的消息。这人也不知道，但他很感谢乐于助人的小牧羊人，便送给他一袋雾气，希望以后能帮到他。

小牧羊人继续向前，一座磨坊出现在路的尽头。天色阴沉，乌云压着磨坊的屋顶，像是要下雨了。他快跑上前，帮着磨坊里的人一起收谷子。磨坊主是只会说话的狐狸，对小牧羊人的帮助不胜感激，他主动说：“我知道那位巴尔加利娜，找她可不容易。你得继续往前走，路边有一座开门的城堡，你大胆走进去，会看到一个缀满小铃铛的水晶鸟笼，会唱歌的苹果就在笼子里。最要紧的是看守的老巫婆，她睁着眼睛是在睡觉，闭着眼睛就是醒着。”

根据狐狸的指引，小牧羊人很快找到了那座城堡。里面的老巫婆双眼紧闭，见小牧羊人进来，她毫不客气地使唤他给自己捉虱子。小牧羊人听话地做了，他一边捉，一边观察巫婆的眼睛。慢慢地，那双眼睛睁开了，小牧羊人知道机会来了，他迅速上前，抱起水晶鸟笼就跑。

“丁零零”，鸟笼上的铃铛齐齐响动，巫婆的眼睛瞬间闭上——她被吵醒了！此前偷盗宝物的人，没一个能逃脱巫婆的追捕。因此，醒来的巫婆胸有成竹，派出一百名骑兵去追。眼看骑兵们就要追上，小牧羊人急中生智，丢出了第一位仙子送的石头。石头一落地就开始膨胀，变成了一座沟壑纵横的高山，骑兵们的马无法跨越。

老巫婆见状，又派出两百名骑兵，他们的马翻山越岭不在话下。这次，小牧羊人扔出了第二位仙子送他的象牙梳子。梳子一落地，立刻变成了一座玻璃一样光滑的高山。那些马哪里爬过这样的山，纷纷跌落下去。

两次追捕都失败了，老巫婆勃然大怒，派出三百名骑兵去追，他们的马在任何山上都如履平地。小牧羊人不慌不忙地打开口袋，放出雾气。三百名骑兵难辨方向，都迷失在了浓雾中。

于是，小牧羊人顺利逃脱了老巫婆的追捕。他如释重负，口渴的感觉也涌了上来，但左看右看，附近没有可以喝的东西，他就打开鸟笼，拿出一个苹果准备吃。这时候，

一个细微的声音从苹果中传来:“你好，我在苹果里面，请你慢慢切，不要伤到我。”

是谁呢？小牧羊人小心翼翼地切开苹果，却什么也没看到。他吃了一半苹果，将另一半放在口袋里，继续往家走。

到了家附近，目光所及都是熟悉的人和物，小牧羊人心安神定，坐在井边休息，同时将手伸进口袋，准备把另一半苹果也吃了。可手指好像碰到了什么有温度的东西，他掏出一看，是个小巧美丽的仙子。

仙子自我介绍道:“我就是住在三只会唱歌的苹果里的巴尔加利娜。”

小牧羊人欢呼雀跃，手舞足蹈，别提多高兴了，巴尔加利娜可是他摆脱诅咒的唯一希望。巴尔加利娜眨巴着眼睛，拜托道:“我也饿了，你能给我找一块米糕吗？我一直被困在鸟笼里，很想念米糕的味道。”

小牧羊人当然很愿意，他请巴尔加利娜稍稍等候，立即转身去寻找米糕了。巴尔加利娜就坐在井盖上，感受着自由的风轻轻拂过脸颊。这时候，村里一个被叫作丑奴的女孩来井边打水，她一直很为自己的容貌自卑，见巴尔加利娜那么漂亮，她又伤心又嫉妒，故意摇晃井盖，将巴尔加利娜摔进了井里。

等小牧羊人拿着米糕回来，巴尔加利娜已经不见了。他以为仙子不愿帮他，心瞬间沉入谷底，回家的脚步也摇摇晃晃。到了家，妈妈看着失魂落魄的小牧羊人，什么也没问，继续尽心尽力照顾他。

有一天，小牧羊人的妈妈来井里打水，桶里惊喜地出现了一条鱼。她高兴地带回家做给孩子吃，然后将鱼骨丢在了院子里。没想到那地方竟很快长出一棵小树，它长得比同类都快，不过一个月的工夫，它已经树冠葱茏、遮天蔽日了。因为树太高挡住了阳光，小牧羊人只好砍倒它，劈成了成堆的柴火。

几年过去，小牧羊人的妈妈去世了，她最大的遗憾就是没能看到孩子顺利长大。小牧羊人的身体也越来越差，他太小了，许多活根本做不了，依旧靠放羊维持生计。这天，他晚上回家，发现早上用过的盘子和碗被洗得光洁如新。他心里纳闷，怀疑是自己记忆出了问题，可一连几天都是如此。

究竟是谁在悄悄帮他？某天早晨，小牧羊人假装出门放羊，实际躲在门后，悄悄观察屋里的动静。没多久，柴火堆里走出一个漂亮姑娘，她个子虽小，干活却又快又利索，没一会儿就刷了锅、洗了碗、扫了地、铺了床。小牧羊人看得目瞪口呆，姑娘干完活，从橱柜里拿出一块米糕犒劳自己。

小牧羊人心中有个猜测，他推开门，问：“你是谁？为什么会在我家？”

小姑娘吓了一跳，结结巴巴地回答说：“我们见过的，我是巴尔加利娜呀！那天你离开没多久，我被丑奴晃进了井里，只好变成一条鱼来到你家，后来鱼骨头被扔在院子里，我就长成了一棵树，又被你劈开做柴火。现在你一出门，我就变回人形啦。”

“原来如此！”小牧羊人激动地抱住巴尔加利娜。

他的诅咒顺利解除了，身体像拔节的竹笋，越长越高，长成了一个英俊挺拔的小伙子。巴尔加利娜也长成了亭亭玉立的美丽姑娘。他们举行了一场盛大的婚礼，从此幸福地生活在了一起。

点拨

民间故事中寄托着普通人的希望与梦想，因此一个大团圆式的结局，更符合当时人们对故事发展的期待。

小白帽（英国）

在赫里福德郡，人要想填饱肚子，就必须拼命干活。生活像又干又噎的黑面包，难以下咽又不得不硬着头皮面对。有一个男孩生活在这里，他小小年纪就已经外出做工了，每天天一亮就要出门，晚上很晚才回来，路途遥远，中间还要穿过一片幽深的密林。

一个普通的夏夜，小男孩拖着疲惫的身体往家里赶，他满脑子都是家里热腾腾的晚餐，没有留心脚下。夏天草木疯长，原本熟悉的小路被野草和灌木吞没。男孩越走越偏，不知不觉迷了路。夜幕降临，月亮躲在云层后面，森林里漆黑一片。男孩又饿又累，只好找到一棵大树，脱下外套做枕头，稍作休息。他起初还想着什么，但一躺下，沉沉的睡意立刻袭了上来，他在陌生的树林中睡着了。

夜晚凉飕飕的，男孩在睡梦中触摸到一团热乎乎的东西，迷迷糊糊就往上靠。等到月上中天，光线透过纷杂的树枝照在男孩脸上，他被晃得睁开眼，一下僵住了——热源竟是一头巨大的棕熊！

男孩倒吸一口气，想悄悄溜走。可他的外套被熊的

脑袋枕着，那是他唯一的外套。男孩实在舍不得，他轻手轻脚地想抽出外套，但刚扯一下，熊就醒了，眼睛在黑夜里灼灼发亮。

男孩紧闭双眼，心想：爸爸妈妈再见，我要被熊吃掉了。

熊却出乎意料地温和，它凑上前嗅了嗅男孩的味道，又舔了舔他乱蓬蓬的头发，然后慢悠悠地起身，走出几步，再回头看他，仿佛在说："跟我来。"

熊的友善让男孩鼓起勇气跟了上去，一直走到森林深处。隐约间，男孩看见一点微弱的光，他大胆走过去，发现是一间伐木工人歇脚的草房。他笑得眼睛都眯了起来，回头想谢谢亲爱的向导，棕熊却已经离开了。

男孩上前敲门，一个只比他稍高些的小妇人打开门，请他进来。屋里，另一个小妇人正在烤火。她们上下打量男孩，温柔地问："这么晚了，你怎么一个人在外面闲逛？"男孩低声说自己迷了路。她们怜惜地看着他，又问他饿不饿。这个问题反倒让男孩犯了难——他从来没有吃饱过，又怎么知道什么是饿呢？

一个小妇人忙端来晚餐，是面包、奶酪和热牛奶。香气扑鼻而来，男孩闻着就咽了咽口水。他生平第一次吃饱，惊奇地来回摸自己的肚子。屋里又香又暖，困意很快袭来，他趴在桌上睡着了。

"睡着了。"一个小妇人做出"嘘"的手势，低声告诉同伴。

趴在桌上睡多难受，她们将男孩抱起来，放到松软的鸭绒床上，解释说："我们很欢迎你来，但我们只有一张床，如果你不介意，就请睡在这儿吧。"熟睡的男孩当然不介意，其实，要是他醒着，他会说："你们睡床吧，我睡地毯或者门口的地板上就行。"两个小妇人靠床沿坐下，渐渐打起了盹。

夜半时分，男孩被一阵轻微的晃动惊醒。他半睁开惺忪的睡眼，看到小妇人们站直身体一动不动，像是在等待什么。不一会儿，远处的教堂敲响了午夜钟声，搅动着寂静的空气。当第十二下钟声响起，两个小妇人各自拿了一顶小白帽戴在头上。

一个说："起。"

一个说："离。"

下一秒，她们从原地缓缓升起，轻盈地飞了出去，像两片轻飘飘的羽毛。

男孩看得目瞪口呆，今晚发生的一切都太离奇了。他揉揉眼睛，发现床头的装饰球上还挂着一顶小白帽。好奇心战胜了一切，他抓起帽子扣在头上，轻声念道："起，离！"一阵无形的风托起他，将他送到了草房外。

银色月光下，一群小精灵正围成一圈在跳舞，那两个小妇人也在其中，显然她们也是精灵。小男孩想和她们会合，她俩却有别的打算，相互对视一眼，一个说："起，到那座大房子去。"另一个应声说："离！"转眼间又飞走了。男孩不认识剩下的精灵，赶忙念诵咒语，

跟了上去。

他们来到一栋高大漂亮的房子跟前，一个小精灵说："起，进烟囱！"另一个紧跟着说："离，进烟囱！"男孩也跟着重复了一遍，从高高的烟囱进到了房子的厨房里。两个小精灵分工明确，一个在厨房把所有的食材用围裙包了起来；一个溜进地窖，在琳琅满目的酒架上挑选名贵的好酒，把它们装进袋子。

点拨

还记得故事开头所描述的男孩的生活境况吗？在不拼命干活就不能填饱肚子的地方，仍有人富贵显赫。巨大的贫富差距反映了当时底层人民生活的困苦，更讽刺了富人对穷人残酷的剥削。

她们忙活了半天，觉得渴了，就都来到地窖，打开一瓶好酒，一人呷了一口。这时，她们似乎才注意到小男孩跟来了，问他要不要喝。小男孩接过酒瓶尝了一口，从未感受过的滋味在口腔中爆发，他忍不住仰起头，将瓶里的酒喝了个精光。他醉极了，头晕目眩地倒下睡着了，丝毫没发现头顶的小白帽不见了。

第二天，男孩醒了，脑袋又沉又疼，发现他竟独自一人待在陌生的地方，害怕得发抖。他努力站起身，推开地窖的门，一股浓烈的香气伴随着一阵嘈杂声袭来——是房子的仆人们来了，他们挤在一块儿，相互叫骂，责怪对方看守不牢，导致好东西全丢了。

男孩呆愣住了，一个眼尖的厨娘发现了他。"小偷在这！"她举起擀面杖，朝站立不稳的男孩扑了过去，"别吵了，都来抓他。”

仆人们蜂拥而上，七手八脚把男孩按在地上。他们揪他的头发，拧他的耳朵，质问他从哪进来的。可怜的男孩痛得说不出话，被管家扭送到了房子的主人面前。

这家的主人是个大腹便便的地方治安官，正在前厅抽烟。仆人们七嘴八舌地告诉他，一直以来，就是这个小孩偷走了厨房的食物和地窖的美酒。总之，所有丢失的东西，无论是谁拿的，现在都是男孩偷走的。

地方治安官的职责就是惩罚罪犯。他看着这个年幼的、默不作声的孩子，心下了然，他遇到的小偷，很多就和这个孩子差不多大。他吐出一个大烟圈，开始审问罪犯：

“叫什么名字？”

“从哪儿来的？”

“怎么进来的？”

男孩抬起脸，颤巍巍地回答：“从……从烟囱里进来的。”

“胡说八道！”治安官勃然大怒，声音陡然拔高。烟囱那么高，哪里是一个小孩能爬上去的？他本就因为名酒失窃憋着火，这恬不知耻的小偷还敢愚弄自己，当即下令：“上绞架！把他给我吊死！”

绞刑安排在三天后的中午，在村外的绿草地上执行。当惊恐万分的小男孩被马车带进刑场时，四周围满了爱看热闹的人。

小男孩被带到垂悬着绳索的绞架旁边，刽子手正准备行刑，一个声音凌空飞来——“等一等，请等一等！”两个头戴小白帽的小妇人奋力挤出人群，来到刽子手旁边。她们手上还拿着一顶同样的小白帽。

“好人，让这可怜的孩子戴上帽子吧，他还这么小，还不能直视死亡呢。”

行刑只是工作，刽子手人实际上并不坏。他准允了这个行为，没注意到男孩闪亮亮的眼睛。

小白帽刚盖住男孩的头，一个小妇人立刻喊：“起！”小男孩急忙附和：“离！”刹那间，他们腾空而起，消失在所有人眼前，只剩下空空的绳索和傻眼的看客们。

小男孩被带回到林中小屋，两个小精灵告诉他：如果要做小精灵的朋友，就不应该偷拿小白帽，任何时候贪婪都是精灵和人类共同厌弃的行为，因为贪婪必然导致毁灭。

“不过他还小呢。”

“他不是故意的。”

“他知错了。”

“让他回家吧。”

他们三个戴上小白帽，齐声说：“起！离！”

话音刚落，男孩“咻”的一声飞回家里，躺在了自己的小床上。等到了晚上，爸爸妈妈、兄弟姐妹们回来，都激动地抱住他，亲了又亲。没人相信他的奇遇，但孩子平安回来，这就足够了，谁又舍得责怪他呢？

农夫和小精灵（英国）

从前有个叫博格尔的小精灵，聪明自傲，最爱捉弄农夫取乐。农夫大多老实憨厚，他总能轻易得逞，于是他的自信心就像气球一样不断膨胀。但农夫中也有头脑灵活的，比如杰克。博格尔试图捉弄他，不仅没得逞，反而刺破了自信心“气球”，尝到了前所未有的苦头。

互动

你身边有没有像博格尔一样的人呢？

因为祖祖辈辈都是农夫，杰克自小长在泥土里，鞋上沾的、鼻尖闻的、手上摸的，全是各种各样的泥土。艰苦的生活锤炼坚忍的意志，在哪儿都不例外。杰克长大了，长得健壮又聪明，靠着继承的几亩薄地，日子过得还算滋润。但是，没有农夫不渴望肥沃的土地，尤其这块地还紧靠着你的薄田。

杰克就是这样眼馋隔壁的肥田。他眼巴巴地盼了许多年，终于有一天，这块地的主人要将地拿去市场上拍卖。杰克花光所有积蓄买下了这块地，心满意足地回到了农舍。

屋内壁炉发出温暖的橙色光芒。杰克长满老茧的右手紧握成拳，在左手掌心里来回摩擦，仿佛在回味那块地的每一寸。他眼睛盯着炉火，脑海中已浮现出金色的麦浪、丰收的盛景，不由得喃喃低语：“庄稼一定茂盛……大丰收……我的地……”

“不是你的地。”突然，炉火旁传来一个沙哑的声音，仿佛来自地下深处。

杰克回过神，又摇了摇头，心想家里哪还有别人。然而，当他往旁边看时，“别人”出现了——一个皮肤粗糙、饱经风霜的小人儿，正盘腿坐在壁炉另一侧的旧木椅上。他褐色的脸上布满皱纹，蓬乱的头发像野马的鬃毛一样硬挺——正是小精灵博格尔。

博格尔扬起下巴，重复道：“那块地不属于你，杰克。”

杰克愣了，随即冷静地掏出盖了章的文件，坚定地反驳：“怎么不是我的？我花钱买了它，有文件做证！”

“文件？”博格尔冷哼了一声，“月亮还是一块绿奶酪的时候，这块地就属于我了。那时别说文件，连这个国家都没有呢。”

杰克从没见过真正的小精灵，但他从小就听说，小精灵们脾气古怪，人稍有不慎就可能得罪它。此刻，他的大脑飞速转动，思考着恰当的对策。

“如果是你的地，这些年为什么没见你耕种？地里收成还那么糟糕？”

“哈哈，你这榆木脑袋！”博格尔嘲笑道，“那是因为以前那家伙总不同意我的条件，我不高兴，那块地就不会有好的收获。”他的笑声不怀好

意，像块被水浸湿的木头，难以点燃，散发着霉味和潮气。

杰克心里明白了几分，他小心地问："那么，你的条件是什么？"

博格尔眼中闪过一丝得意的光芒："你还算聪明。这样吧，既然地是我的，那么你来干活，收成我俩平分，怎么样？"

"这……"杰克摩挲着下巴，拉长了嗓音。几次呼吸间，他同意了，"要是真能丰收，我多干活倒无所谓。我确认一下，干活我一个人干，收成我们俩平分，这就是你的条件？"

"对！"博格尔骄傲地回答。

杰克心中暗笑，他一路摸爬滚打过来，自认脑子不笨，要是不能在这种讨价还价中占上风，那也太招笑了。"没问题，头一年你要什么？地上的还是地下的？"

"当然是地上的，"博格尔跳下椅子，迈着短腿走到农夫面前，"我要地上的，你要地下的，我敢说这再公平不过了。"他撂下这句话就走了，留农夫埋头苦思。

此后，杰克有条不紊地耕地、播种、施肥，任劳任怨，毫不懈怠。这块肥田也没辜负杰克，迎来了远超其他田地的丰收。博格尔准时前来，索要第一年的收成。

"如果我没记错，"杰克顿了顿，"当初我们俩都同意，你得地上的，我得地下的。"

"没错没错。"博格尔点头肯定。

“很好，你去门口拿吧，我都给你准备好了。”

博格尔兴高采烈地跑过去，只看到一大堆发蔫的萝卜叶子。意识到被人类耍了，他火冒三丈，捏紧了拳头，指节因为过度用力，发出“嘎巴”的响声。但再不情愿，小精灵也得遵守约定。他按下怒火，转头恶狠狠地问杰克：“明年怎么办？”

“明年？”杰克伸出手臂，大方地让小精灵先选，“明年你要地上的还是要地下的？”

“地下的！我要地下的！”博格尔赶忙回答。

提问

这次杰克会怎么应对，想必你一定已经猜到了吧！那么你知道有哪些庄稼成熟后，果实是生长在地上的吗？

杰克微微一笑，从容不迫：“当然可以，怎么都行。”

新一轮种植开始了，杰克扛着锄头走进地里。他今年种的是小麦，庄稼长势喜人，沉甸甸、金灿灿的麦穗预示着一场前所未有的大丰收。到收获时节，博格尔出现了。

“今年地上的归我，地下的归你，对吧？”

“不错。”博格尔点点头。

“很好，你找辆车，把地里那堆残茬剩根拉走吧。麦穗我上周就收完了。”

博格尔瞠(chēng)目结舌，第二个回合，他又失败了。他消失了一天一夜，终于想出一个鬼点子：“杰克，明年你就在地里种小麦，我俩平分庄稼。”

“行，”杰克挑挑眉，早料到他的主意，“不过有个条件，你得帮着一起收割。”

博格尔心想，这很好，还能避免杰克趁他不在偷偷收割，就愉快地同意了。

第三年收割季节要到了，博格尔找到杰克，同他商量分工。

杰克还没说话，狡猾的博格尔先提议道：“咱们来个比赛，一人收一半，谁先割完谁就可以拿到整块地的收成。”他想自己有一百来年用镰刀的经验，绝不可能输给区区人类。

杰克脑筋一转，表示同意，他同时提醒小精灵：“今年地里长着很多酸模草，小麦割起来会很费劲。”

博尔格耸耸肩，满不在乎地说：“酸模草算什么，我用镰刀的时候你还没出生呢。”

“好吧，那你想割哪一边儿的麦子呢？”

“远处的那一半儿吧。”

商定好区域和比赛日期，他们便各自回家了。

第二天，杰克来到铁匠铺，定制了一批细铁棍儿。取到铁棍后，他来到小精灵选择的那片地，把细铁棍分散着插进了麦秆中间。

比赛那天，博格尔扛着一把古老的长镰来了，据他说，这把镰刀有着一千多年历史，那时候杰克的老祖宗还是水里的蝌蚪呢。他迈着罗圈腿，绕着同样扛着镰刀的杰克转了两圈，奚落了他一番，又提前发表了自己的获胜感言。

杰克不管他，只在一旁磨着自己的工具。等博格尔说完，他们走进地里，一齐干了起来。

近处的麦田里，杰克弯下腰，不紧不慢地收割着。他姿态娴熟，动作迅速，真是个中好手！另一侧，小精灵挥舞着锋利的大镰刀用力地割着，不得不说，他确实有些本事。

没多久，博格尔的镰刀就碰上了铁棍。一根，又一根，小精灵以为是酸模草，一边割一边抱怨："嘶，好硬的酸模草！"每碰上一根铁棍，他的镰刀就多出一个豁口。不一会儿，他的刀刃磨平了，连热黄油都切不动了。博格尔无可奈何地直起身，喊叫着："喂，伙计！什么时候停下来磨镰刀？"

另一半地里的杰克还沉浸在收割中。听到博格尔的话，他装出一副十分惊讶的样子："磨刀？我还早呢，四小时后吃午饭的时候我再磨吧。"说完，他低下头继续收割。

博格尔瞧了瞧手里豁口累累的钝镰刀，知道自己输定了，扛着镰刀灰溜溜地离开了麦田，从此再没有出现在杰克面前。

诺克格拉夫顿的传说（爱尔兰）

在连绵起伏的盖尔提群山，风景如画的阿尔洛山谷里，出没着一个可怖的怪人——毛地黄。

他是个驼背，驼得极其严重，整个身子仿佛被命运之手折叠，压得紧贴在肩膀上。他的脑袋又大又重，一旦坐下，非得用膝盖托着下巴才行。佝偻的身形远远看去，就像一只背着沉重壳子的乌龟。

> 点拨
>
> 内心的美好与否不能以外表的美丑衡量。

可谁能想到，就是这副丑陋的身躯里，藏着一颗孩童般纯洁、善良的心。毛地黄从不与人争执，不怨天尤人，始终积极乐观地生活着。可村里人只看见他的怪模样，便在心里给他判了“死刑”。他们对他侧目而视，在背后窃笑他，更有人恶意造谣，说他整天躲在山谷里，是在研究邪恶的咒语和毒草，要对村子下毒手。

其实，毛地黄整天待在山谷，只是为了寻找稻草和灯芯草，用来编织草帽和篮子。他喜欢这门安静的手艺，也靠卖这些东西养活自己。他之所以有“毛地黄”这个外号，正因为他自己的草帽边上，常年别一支俗称为“仙人帽”或“毛地黄”的小草。

某个傍晚，毛地黄从凯尔小镇赶回卡帕村。他身材矮小，还驼着背，每走一步都像是拖着整座山。当他拖着疲惫的身体走到古老的诺克格拉夫顿山寨时，夜幕已然低垂。

山寨坐落在大路的右边。毛地黄又累又困，浑身酸痛，便在寨边的一块大石上歇息。他喘着粗气，双肩起伏不止。寒风扑面，毛地黄瑟缩着肩膀仰头望天，只见——

彩云环绕，明月高悬；

天光泻地，射出万丈荣光；

夜空澄净，恍如镜花水月。

正当他出神地望着天幕时，忽然听到了一阵悦耳的歌声，像是泉水从山涧中潺潺流出，又像林中百鸟清晨的齐鸣。他竖起耳朵仔细听，那歌声分明是许多道声音重叠而成的，却融合得浑然天成，轻柔悠扬。

歌声反复吟唱着：

“达鲁安，达莫特；达鲁安，达莫特；达鲁安，达莫特……”①

毛地黄听得如痴如醉，整颗心都好像随着旋律飘浮起来。但歌词和旋律一遍遍重复，听久了难免感到单调。于是，当歌词重复到第三遍时，毛地黄灵机一动，微微提高声调，唱出一句：

---

①意为“星期一，星期二；星期一，星期二；星期一，星期二”。

“奥古斯，达达丁！”②

唱歌的是山寨里的仙人们，听到这突如其来的旋律，他们立刻停下来，彼此对视着，眼睛里闪烁着惊喜的光芒。因为那清亮而又独特的嗓音，如同夜风中一缕清新的花香，点缀了他们一成不变的歌。

“是谁？”他们轻声低语，像树叶间窃窃私语的风。“是谁在和我们合唱？谁为我们的歌增添了新的旋律？”

下一秒，一阵旋风凭空刮起，卷起了地上的树叶和花瓣，也将毛地黄轻轻托起。他被风抱着，旋转、上升，像一根飘然的苇草般飞进了山寨。

等他睁开眼睛，发现自己正站在一座光辉灿烂的宫殿里。四周是从未见过的奇花异草，空气中飘着蜜香，耳边仍萦绕着仙乐。宫殿里站满了仙人，他们个个矮小俊俏，穿着奇异的衣裳，眼里闪烁着敬佩的光。他们将毛地黄视为音乐天才，围着他又唱又跳。

就在毛地黄还未从震惊中回过神来时，一位高大的仙人走到他面前，唱道：

毛地黄啊毛地黄！
不要忧虑，不要惧怕！
你那沉重的驼背，
已从你身上落下！

---

②意为“还有星期三”。

我们弃它如尘土，

如同秋叶随风洒！

毛地黄愣住了，他下意识摸向自己的后背——轻了，轻得几乎让他飘起来！他站起身，小心地抬起头，竟不再需要靠膝盖支撑。他感到一种从未有过的轻盈和自由，仿佛整个人都脱胎换骨了。他欢呼着旋转、跳跃，就像一只初次学会飞翔的鸟。

一阵睡意猛然袭来——他闭上了眼睛，仿佛被柔软的羽毛轻抚着陷入沉睡。

等他再度醒来，天已破晓，阳光透过树叶洒落下来，斑驳地照在他脸上。他躺在诺克格拉夫顿山寨下，四周是吃草的牛羊。他缓缓坐起身，一摸后背——果然，那个折磨了他半生的驼背已经不见了！

他欢快地跳了起来，走一步跳两下，像春天的小鹿。他还穿着一身崭新的衣裳，料子光滑，做工精致，分明是仙人们赠送的。

回到卡帕村，村民们惊呆了。他们简直认不出这个有着挺拔身姿、俊朗面容的小伙，就是从前那个被嘲笑的毛地黄。

很快，整个村子都在谈论毛地黄的奇遇。这个从前受尽嘲讽的怪人，一夜之间变成了“被仙人祝福”的人，人人都啧啧称奇。

不久后，一位来自沃特福德郡的老太太，风尘仆仆地赶到卡帕村，气喘吁吁地敲响了毛地黄的门。一见到他，老太太就迫不及待地问："你就是那个被仙人治好驼背的年轻人吧？我朋友的儿子也是个驼背，可怜得很。我这次来，是想知道你到底是怎么做到的！能不能请你帮帮我们。"

毛地黄心地善良，将事情一五一十讲了出来：他如何听到仙歌，又如何机敏地唱出补充的句子，以及仙人们如何带他飞上山寨，最后除去了他的驼背。

老太太感激涕零，连声道谢。她回去之后，便将这一切转告给她那朋友——一位急切盼望改变儿子命运的母亲。第二天，那个叫杰克·马顿的孩子被送上了车。他同样身材矮小，性格却与毛地黄截然不同：他油嘴滑舌、轻率浮躁，一路上满口保证自己一定能比毛地黄做得更好。

她的母亲和老太太推着杰克·马顿前行，路途遥远，她们却毫不在乎，只盼着能治好孩子的驼背。当夜幕降临，他们终于赶到诺克格拉夫顿山寨。杰克刚坐下，山寨中便传出美妙的歌声——这一次，仙人们唱的正是毛地黄所加的旋律：

"达鲁安，达莫特；达鲁安，达莫特；达鲁安，达莫特；奥古斯，达达丁……"

杰克听得不耐烦，他哪像毛地黄那样耐心？仙人们还没唱完一遍，他就急不可耐地插嘴道：

"奥古斯，达达丁；奥古斯，达海那！"③

③意为"还有星期三，还有星期四"。

他的声音粗哑难听，毫无美感。他以为加两句会让仙人们更高兴，自己一定能得到双倍的奖赏。谁知，一股怒风骤起，他被卷进了山寨里。里头的仙人们怒火中烧，围着他高声喊叫：

“是谁打乱我们的旋律？是谁破坏我们的乐章！”

杰克吓得直哆嗦，可已经太迟了。一位高大的仙人走上前，怒气冲天地唱道：

杰克·马顿！杰克·马顿！
你的声音像破布擦锅，
打破了我们的好旋律，
弄脏了我们的仙乐国！
我们要给你点苦头吃，
快来人，快来人，
给杰克·马顿再加个驼背！

提问

同样是接着仙人的歌声歌唱，为什么杰克与毛地黄却有迥然不同的结局呢？

话音未落，二十个壮硕的仙人便抬来了毛地黄曾经的驼背，重重压在杰克的背上，把它牢牢钉死。杰克痛得嚎叫，瘫倒在地，连翻身都做不到。天亮时，他的母亲和老太太赶来，发现这可怜的孩子面如死灰，后背高高隆起，像骆驼的双峰。她们默默将他扶上车，吓得一句话也不敢说，生怕仙人们一怒之下，也给她们装个驼背。

因为惊惧交加、舟车劳顿，杰克·马顿回家没几天就去世了。他的故事成为远近闻名的诅咒。从此，再没有人敢去山寨聆听仙人的歌声。

第三章

宫廷命运

幸福人的衬衣（意大利）

很久很久以前，有一位国王，他和王后只有一个孩子，夫妻二人视之如珍宝。但不知为什么，王子近来总是闷闷不乐，对一切都提不起兴趣。他每天坐在宫殿的窗前，一言不发，从天亮坐到天黑，又从天黑坐到天亮。

这天，国王实在看不下去了，他问王子："孩子，你到底怎么了？你觉得生活哪里不称心呢？"王子自己也搞不明白，他低着头，声音微弱如丝："爸爸，我不知道……"他感觉自己置身于一个无尽的空洞，无法触碰到任何真正的快乐。

"是王宫的生活太无趣了吗？"国王问道，"如果你想的话，我会为你准备好骏马和行装，你可以去任何你想去的地方，只要你快乐。"王子摇了摇头。

王后慈爱地抚过王子的面庞："孩子，你遇到什么难题了吗？生活总是给人许多挑战，即使王子也不例外。如果你愿意告诉我们，我们会和你一起想办法的。”王子还是摇了摇头。

国王和王后用尽浑身解数，想让这唯一的孩子快乐起来。可无论他们做什么，王子只是沉默地看着窗外。

国王意识到，仅凭他和王后的智慧是无法改变现状的。于是，他吩咐侍从们张贴公告，重金寻找能让王子快乐的人。公告散布在王国的每个角落，哪怕是最偏远的村镇，最边陲的牧场。没过多久，各地的聪明人都聚集到了王宫中。

这些人中有哲学家，他认为王子是在沉思哲学的终极问题：“生命的本质是苦难，殿下是看透了这一点。”还有医生，他认为王子在某次打猎时撞伤了脑袋，发生了神经错乱。甚至有神秘的星象师，他认为是天上两颗星星的逆行，让王子的心蒙上了阴霾……众人各有见地，经过三天三夜的讨论，他们终于达成一致，开出了最终的“药方”。

他们禀告国王："陛下，如今只有一个办法可以帮助王子，那就是找到一个幸福人，必须是真正的完全幸福的人。然后将他的衬衣和王子殿下的衬衣调换，殿下就能重新变得快乐。"

国王痛心于儿子的黯然神伤，听了这番话，他顾不得询问原因，当天就派出大批侍从，让他们快马加鞭，去全国各地寻找幸福人。侍从们骑着快马，穿越森林、河川和沼泽，问遍了农夫、工匠、诗人和商人，但所有的答案都令人失望。

这天，一个神父①前来拜见国王，他声称自己就是那个幸福人。希望的曙光仿佛就在国王眼前，他焦急地询问神父："你确定自己完全幸福吗？"

神父站定在王座前，自信满满地说："当然了，陛下。"他紧接着说起传播福音给自己带来的幸福，口若悬河，滔滔不绝。

国王皱了皱眉，打断了神父："那么，你来做我的主教怎么样？"

神父立刻跪了下来："啊！陛下，我求之不得！"他欢喜得几乎要扑上去亲吻国王的鞋尖。

"来人，把他带走！"国王猛一拍王座的扶手，怒斥道："我寻找的是真正幸福的人，不是你这样攀附权势的人！"神父被兵士拖了下去，受到了应有的处罚。许多想要弄

---

①神父：教堂的负责人，地位处于主教和助祭之间。后文提到的主教是宗教高级神职人员，主管一座城市或一个教区的教务。

虚作假的人听说了这件事，也不敢随意卖弄了。寻找幸福人的事情，几乎没有一点儿进展。

另一边，王后也正因王子的消沉心如刀割，日日以泪洗面。她想，是不是我没能给予孩子足够的爱呢？她派出更多侍从，让他们跨过边境，去别的国家寻觅幸福人。一段时间后，有人向她汇报，邻国的国王就是她要找的人。

这位国王非常富有，祖辈积累的金银在国库中堆积成山。他执政有方、体恤国民，在他的治理下，最贫困的家庭也能在餐桌上摆上白面包和奶酪，人民因此非常爱戴他。连飞过那里的鸟儿都总是高声欢唱，好似在赞美国王。

这个好消息像一束光，一下照亮了王后的内心。她马上派使臣去拜见邻国国王，向他求一件衬衣。

国王接见了使臣，他说："不错，所有世俗认为的幸福，我确实都拥有了。但是，我仍然不是一个真正幸福的人。我畏惧死亡，死神不知何时会拜访我，让我不得不抛下现有的一切，跟随他回归冥府。因为这件事，我整夜整夜地睡不好觉。"使臣们听了这番诚恳的剖白，也只好空着手回去面见王后了。

幸福人，他究竟在哪里呢？

一天，国王外出打猎，试图借此散心。"嗖"的一声，箭矢划破了丛林的寂静，他射中了一只野兔的后腿。被射中的猎物仍瘸着腿向外逃窜，国王追着野兔，不知不觉间穿过了森林，将侍从们远远抛在了后头。一片辽阔的旷野在国王眼前舒展开来，耳边似乎响起一阵悠扬的歌声，就来自不远处的庄园。

“有这样歌声的人一定是个幸福人！”国王循着歌声，来到了一座葡萄园。园中，一个穿着简朴的年轻小伙子正一边唱歌，一边精心修剪着葡萄藤。

“您好，陛下。”小伙子先问候了国王，“您怎么一个人到乡下来啦？”

“你好，小伙子，你的歌声动听，人也勤劳。你愿意跟我到王宫去吗？”国王试探着问，“我会给你一份绝无仅有的好差事。”

“感谢您的好意，陛下，但我并不想去，即使教皇跟我换位子我也不干呢。”

“为什么？”国王有些惊讶，“你这么能干，难道不想拥有更多财富吗？”

小伙看向国王，眼神澄净恰如一泓湖水，他微笑着说：“陛下，我从未想过那些，现有的一切已经让我心满意足了。”

国王终于找到了一个真正幸福的人！因为怕自己激动的神情吓到对方，他深吸了一口气，缓缓开口：“好小伙，帮我个忙吧。”温柔的晨光洒向四野，漫过国王微微颤抖的声音，而那声音下包裹的，是一颗父亲而非国王的心。

“只要我能做到，陛下，我一定竭力效劳。”

国王再也抑制不住内心的喜悦，他向赶来的侍从们大

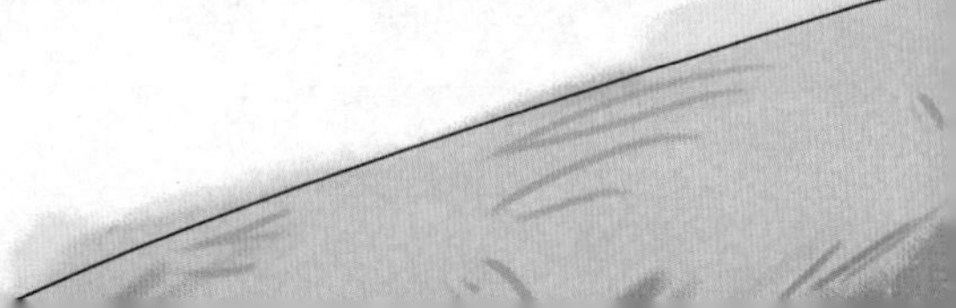

喊："我的儿子有救了！我的儿子有救了！"接着他大步上前，紧扣住小伙子的肩膀："我的好小伙，不管你想要什么，我都会给你！但是，请给我——给我……"

"给您什么，陛下？"小伙子疑惑地问。

来不及回答，国王一把攥住他的衣领。突然，国王僵住了，双手也脱力般垂落下来。

这个幸福人，原来没有穿衬衣。

点拨

结局既在意料之外，又在情理之中。清贫的农夫穿不起衬衣，却拥有富有的王子无法企及的幸福，幸福与财富并非紧紧相连。

爱父亲如盐（意大利）

从前有个国王，他有三个女儿，都出落得楚楚动人，其中最美丽的，当属小公主吉佐拉。她有一头闪闪发光的金发，像是被温暖的阳光吻过一样。国王最偏爱小女儿，这让另外两位公主很是不满。

国王有三个不同颜色的王座。每当田地丰收、庆典顺利举行、心爱的女儿送上礼物，国王就会登上象征快乐的白色王座。相反，每当天灾降临、丧钟敲响、远方传来不幸的消息，黑色王座就要发挥它的作用了。比起它们，国王最常用的是红色王座，它象征着王国的平静与安宁。

这天，国王坐上了黑色王座。女儿们都很惊慌，心想，是有什么悲伤的事情悄然降临了吗？她们来到父亲身边，想要弄清缘由，纾(shū)解他沉郁的心情。

大公主柔声问道："父亲，您怎么坐到黑王座上啦？是谁惹您生气了吗？"

国王的答案令人大吃一惊，他竟然是因为孩子们不爱他而生气。这实在太冤枉了，三位公主急忙表明衷心，她们对父亲的爱像磐石一样坚固。国王却还不依不饶地追问："你们说爱我，那谁来告诉我，你们对我究竟是怎样的爱？”

“就像爱玫瑰一样，”依然是大公主先开口，她的声音温柔动听，在宫殿中婉转回荡，“世上百花争艳，唯有玫瑰是花中之王。她的色彩最绚烂，芬芳最馥郁，地位也最尊贵。我爱您，就像爱玫瑰，这是对真正的王者的爱。”这个回答让国王很满意，他心里美滋滋的，双手也不自觉地离开了黑王座的扶手。

二公主笑吟吟地接过话：“姐姐说得真好，可我觉得还不足够，至少不能完全表达我的心意。玫瑰虽美，花期却有限。要我说，我爱您就像爱葡萄酒。时间不能消减酒的香醇，正如岁月无法磨损您的光辉，反而让您更加睿智，更加令人敬佩。”

国王听得心花怒放，几乎要从王座上站起来。他将目光转向小公主吉佐拉，期盼自己最疼爱的孩子能给出最动人的回答。

“就像爱盐一样。”

“什么？”

“我爱您就像爱盐一样！”

“还有呢？”

“没有了，父亲。”

提问

小公主为什么说像爱盐一样爱父亲，盐有什么独特之处呢？

宫殿瞬间陷入死寂，国王的笑容也消失了。他的脸像打翻的调色盘，先是惨白，继而涨红，最后蒙上铁青色的阴云：“盐，多么廉价的东西！吉佐拉，我最疼爱你，你却这样没有良心。来人，把她带走，别再让我见到这个忘恩负义的家伙！”想到从前对小女儿的偏爱，国王的怒火越烧越旺，最后冲昏了他的头脑——他吩咐侍卫把小公主带到宫外处死！

同样疼惜小女儿的还有王后，她听说这件事后心急如焚，赶忙买通侍卫，将吉佐拉救了下来。可要是小公主一直藏在宫中，国王迟早会发现，该怎么办呢？

王后想起了自己珍藏的一座银制烛台。它由当世最伟大的工匠制作而成，花纹精美，色泽鲜亮，而且内部空间极大，完全可以藏下一个成年人。王后让吉佐拉躲在里面，因为怕孩子

饿着，她又放进许多不易变质的食物。当一切已经准备就绪，王后叫来自己最信赖的仆人，让她将烛台带去市场上售卖，并且强调，只能卖给知书达理的富裕人家。

因这烛台实在品相非凡，仆人一到市场，前来问价的人就排起了长队。可这些人要么衣着普通，要么举止粗鄙，仆人只好报一个高昂的价格，好让他们知难而退。直到一位别国王子的到来，他远远看到人群聚在一处，也好奇地来凑热闹。精致的烛台映入眼帘，他一下就被吸引住了。即使贵为王子，他也从没见过这么漂亮的烛台！更让他惊讶的是，烛台的价格非常便宜。于是，王子像捡到宝贝一样乐呵呵地付了钱，将烛台搬运到他所在的王宫，端放在餐厅的最中央，得到了所有人的赞叹。

这天晚上,王子有事外出,很晚才能回来。他告诉仆人，准备好晚餐就可以自行休息了，不需要服侍他用餐。躲在烛台中的吉佐拉也听到了王子的嘱咐。等仆人们从餐厅中离开，食物诱人的香气像一只无形的手，勾着饥肠辘辘的公主钻出了烛台。吉佐拉原本只想吃一点点，可食物太美味了，她没忍住吃了个精光。等到王子回来，桌上已经什么也不剩了。又饥又渴的王子大发雷霆，遭到训斥的仆人们也摸不着头脑，只好推脱说，一定是被偷溜进来的猫儿狗儿给吃了。

连着几天，这种事接二连三地发生。即使仆人们牢牢锁上餐厅的门，再把钥匙藏在最隐蔽的地方，桌上的食物还是会不翼而飞。王子忍无可忍，他决定躲在餐桌下面，亲自会一会那位神秘来客。

当晚，随着仆人们的脚步声再一次远去，吉佐拉熟练地跳出烛台，走向了餐桌。这时，黑暗中猛然探出一只手，牢牢扣住了她的手臂。不论吉佐拉如何用力，都没法挣脱开来。

“你究竟是谁？”

王子用另一只手点燃了蜡烛，跳动的烛火映照着吉佐拉美丽的面庞。王子不禁愣住了，他想起奶妈曾说过：“真正的宝石并非镶(xiāng)在王冠上，而是藏在有心人的眼睛里。”吉佐拉也看清了王子的脸，见对方没有兴师问罪的意思，她紧绷的神经终于松了下来，便将自己的遭遇讲给面前的人听。

与吉佐拉的父亲不同，王子十分欣赏她的回答。他知道有的人言辞简朴，爱的心意却一分不少。他大方原谅了公主的偷吃，并许诺她可以一直住在这儿，不用为吃食担心，也不用再躲在烛台中了。吉佐拉对王子的善举报以最诚挚的感谢，而王子觉得自己的目光再也无法从吉佐拉身上移开了。

为了保守吉佐拉的秘密，不让她的身份蒙羞，第二天一早，王子便下令将烛台搬到了自己的房间。他对外宣称自己实在太喜欢这个烛台了，希望能日夜欣赏它。到了用餐时间，王子吩咐仆人将食物送到他房间里来，并且要送双份。等到仆人们离开，王子就锁上门，和吉佐拉一起用餐。这些共度的时光里，他们逐渐了解了彼此的生活与爱好，慢慢地无话不谈，愈发亲密无间。

和他们相反，王子的母亲一天比一天烦恼。她搞不明白，儿子为什么不愿和父母一起用餐，要一个人偷偷躲在房间里吃，食量还比以前大了一倍。国王宽慰她说，孩子有自己的秘密，做父母的也要学会尊重。王子也宽慰母亲别担心，早晚有一天，他会告诉母亲原因的。

没等到王子的坦白，王后先等来了一个“晴天霹雳”。

“你说你要和谁结婚？”

“和那个烛台，母亲。”

王后险些从座位上摔下来。她捂着脸，不可置信地呢喃着：“疯了，真是疯了。”

王子握住母亲的手，神色庄严地宣布：“我是认真的，母亲。”他随即召来内务大臣，要求对方依照王室规制，做好婚礼的一切准备。

于是，在一个阳光灿烂的日子，婚礼开始了。四匹白马拉着华丽的车驾驶出王宫，车上坐着盛装的王子和他的新娘——一座精致的烛台。人群簇拥在道路两旁，对新娘评头论足，王子却面色从容，毫不在意。

仪式正式开始时，王子微笑着俯下身，打开了烛台的暗门。刹那间，万丈光芒奔涌而出——美丽的吉佐拉穿着太阳般耀眼的长裙，戴着星辰般璀璨的宝石项链，从烛台中缓缓走了出来。

仪式结束后，王子牵着吉佐拉的手面见了父母。王后终于知道了他房间里的秘密。听了吉佐拉的遭遇，王后心疼地抱住她说：“好孩子，你受苦了。你只管把这儿当自己的家，我们会像对待亲生孩子一样对你的。”

这天晚上，王后思来想去，还是为吉佐拉感到不平，她决定教训教训吉佐拉那位傲慢的父亲。又或许，只有通过这种方式，国王才能明白小女儿的爱。

没过多久，王后以举国欢庆王子的新婚为名，再次举办了婚宴。她给附近所有国家的国王和王后都送去了请柬，当然也包括吉佐拉的父母。她的母亲因为送走了小女儿，内心悲痛，不愿出门，因此只有吉佐拉的父亲前来赴宴。王后微笑着将他迎进宫殿，紧接着背过身，吩咐仆人准备一份特殊的

饭菜。

宴会开始前，王后向宾客们致歉，说新娘因为身体不适，恐怕没办法出来迎客了。众人纷纷表示理解。随着第一道汤呈上，宴会正式开始了。客人们推杯换盏，吃得很尽兴，唯有吉佐拉的父亲一口也吃不下去。原来，不论是最开始的汤，还是后面的主菜，厨师一点盐都没有放，这些菜完全没有味道，让人难以下咽。

国王叹了口气，将刀叉拿起又放下，再抬头时，发现东道主王后朝自己看了过来。为了不影响两国邦交，他无奈地抿了一口汤，那味道就像洗过羽毛的雨水。他又叉起面前的一块肉，颤着手将它放进嘴里。没放盐的肉像晒了三年的干树皮，国王拼命咀嚼，想要咽下去，无奈喉咙一直发出强烈抗议。

肉在口中进退两难的时候，国王想起了以前小女儿说的话："我爱您就像爱盐一样！"他当时觉得盐又粗鄙又廉价，配不上自己尊贵的身份。现在他明白了，盐不像玫瑰，姿容艳丽，让人一眼就生出爱慕的心；也不像葡萄酒，香醇可口，诱人沉醉。它永远若有似无地静卧一角，从不卖弄自己，却始终不可或缺。这一刻，无尽的悲痛从国王心头涌出，直抵眼眶，化作悔恨的涟涟泪水。

王后装作焦急地询问客人："哎呀，您这是怎么了？仆人哪里冒犯到您了吗？"

国王摇了摇头，将自己误会小女儿的事情告诉了王后。他哽咽着说："我真后悔啊，我太愚钝、太自傲了，根本不明白什么是真正的爱……”

点拨

甜言蜜语的蒙蔽，使国王没能体会到小女儿纯粹、深沉的爱。真正的爱不在恭维中，而在平实朴素的生活里。

王后笑而不语，她拍拍手，吉佐拉从门外走了进来。看着眼前鲜活生动的女儿，国王什么也顾不上问，只紧紧地抱住她，不停地诉说着歉意。王后又派人请来了吉佐拉的母亲——正是母亲的智慧，让女儿有惊无险地渡过了难关。

最后，为了庆祝这个圆满的结局，宫廷乐师们用尽毕生所学，奏响了世间最欢快、最悠扬的舞曲。宾客们成双成对，伴着乐声滑进了舞池。直到现在，那座宫殿里还有他们翩翩起舞的身影呢！

卷毛角吕盖（法国）

从前有位王后，她有孕在身，和世上所有母亲一样，满心期盼着孩子的降临。她想象她的宝宝有一双星星般明亮的眼睛，一头柔软的金发，一张天使般精致的脸庞。然而，现实狠狠地击碎了她的美梦。

孩子出生了。他相貌丑陋，五官像是被胡乱拼凑在一起，与王后想象中的模样天差地别。他的头顶还长着一撮(zuǒ)奇怪的卷发，不论如何按压，都倔强地挺立着，活像一朵鸡冠花。王后伤心不已，孩子的样貌这样丑，将来可怎么办？除了父母，还会有人爱他吗？

就在这时，一位仙女降临了。她身披银纱，步履轻盈，眼神里闪着智慧的光芒。她告诉王后，小王子日后会拥有过人的智慧，也一定会遇到爱他的人。

“不仅如此，”仙女挥挥法杖，一道银光轻轻落在了小王子的摇篮上，“我再送他一份礼物，他可以将智慧分享给最爱的人。”

这些话安抚了王后脆弱的心。她低头看去，摇篮中的孩子正安然熟睡。王后握住孩子稚嫩的小手，为他祝愿，也给自己鼓气：“外表不能决定人的价值。只要拥有足够的智慧，你一定会幸福的。”

国王和王后为小王子取了名字，但很快，这名字便被宫人们遗忘了。大家都称呼小王子为“卷毛角吕盖”，因为他头顶那撮卷发实在太奇特，太抢眼了。

过了两年，邻国的王后也怀孕了。这一次，命运似乎格外宽容。她诞下的小公主如白昼般光彩照人，那双眼睛，更是比清晨的露珠还要纯净。王后满心欢喜，觉得自己拥有了世上最珍贵的礼物。

然而，仙女再次现身了。她看着王后，眼神中满是怜惜。仙女轻轻叹道：“王后，公主固然美丽，但随着年龄的增长，她会变得越来越愚笨。”

提问

在卷毛角吕盖和小公主的身上，智慧与美丽似乎是完全对立的，那么究竟是智慧重要还是美丽珍贵呢？他们怎样才能化解自己的难题呢？

王后的心瞬间揪紧了，她抱紧孩子，哀求道：“善良的仙女，求您赐予她一些智慧吧，哪怕是一点点！”

仙女无奈地摇了摇头：“这超出了我的能力。不过，我可以送小公主一份特别的礼物，她能将美丽分给最爱的人。”

一晃经年，孩子们都长大了。卷毛角吕盖依然丑陋，可身边的人没一个不喜欢他的。他不仅聪慧过人、才思敏捷，更难能可贵的是，他始终怀揣着一颗真挚的心，毫无保留地运用自己的智慧，帮助那些身陷困境的人。有时候，宫人们私下议论，都说是因为命运嫉妒小王子，才惩罚他生就这样一副模样。

而公主，正如仙女所言，美丽的同时却越发愚笨。她不仅对宫廷礼仪、语言文学一窍不通，就连最简单的事情也难以完成——喝水会打碎杯子，走路时稍不留神便会被裙摆绊倒……起初，人们被她的美貌吸引，纷纷簇拥过来，也愿意包容她。但日子久了，大家渐渐变得不耐烦，甚至厌恶起她的蠢笨。无助与痛苦像寒冬的坚冰，刺痛了公主的心。她多么希望能拥有一点智慧，无论要付出怎样的代价。

一天，公主跑进森林，坐在一棵古树下，哭诉着自己的不幸。忽然，一个温柔的声音传来——

“您好，美丽的公主，是什么让您如此忧愁？”

公主抬起泪眼，看见一个穿着华贵的年轻人。他相貌丑陋，眼神却如深海般睿智、深邃。这年轻人正是长大了的卷毛角吕盖。自他偶然见到公主的画像，便被公主的美貌深深吸引，一直渴望见一见这位世间难得的美人。能在树林里巧遇，他内心无比雀跃，但见公主满脸泪痕，他也不由得悲伤起来。

“我不知道怎么回答你……我觉得自己糟透了。”公主哽咽着。

年轻人轻轻笑了一下，温和地说：“怎么会呢，您拥有世上最宝贵的东西——美丽。您应该是最幸福的人才对。”

公主用手背抹去眼泪：“美丽有什么用？我蠢得叫所有人讨厌。我宁愿像你一样丑陋，只要能变得聪明。”

“像我一样丑陋？”年轻人眨了眨眼睛，“那可不是一件容易的事。”

“扑哧”一声，公主被逗笑了，年轻人见状，接着说：“公主，聪明固然是好的，但美丽同样很珍贵，在这一点上，您已经超越世上所有人了。”

公主摇摇头：“我听不懂你说的道理。”

年轻人望着她，认真地说：“如果愚笨真的让您如此痛苦，或许我能帮您。”

“你有办法？”

“当然。我出生时，有位仙女送了我一份礼物，我能把智慧分给我最爱的人。如果您愿意在一年后嫁给我，成为我的妻子，我就能把智慧分给您。”

公主没有立刻回答。年轻人并不急着得到答案，他微笑着说：“我明白，这不是个容易的决定。您不必着急回答，慢慢想吧，我愿意等。”

然而，公主太渴望变聪明了，这份迫切的心情压倒了所有犹豫与迟疑。况且，在现在的她看来，一年是永远也过不完的。于是，她坚定地点了头。

就在答应的一瞬间，公主的大脑好像受到了清泉的洗涤，变得前所未有地清晰。她立刻和卷毛角吕盖聊了起来，从政务民生到哲理思辨，公主侃侃而谈、神采奕奕。她表现出的聪慧大方，使人不禁相信，卷毛角吕盖分给她的智慧，远比自己留下的还要多。

不知不觉间，夕阳的余晖铺满大地，公主与年轻人挥手作别，径自回到了王宫中。人们很快发现了她的变化，几乎可谓是翻天覆地。那些曾经离开她的人，重新回到了公主身边，甚至比从前更加倾慕她。国王也对女儿的智慧佩服不已，遇到棘手的政务，他常常寻求公主的意见。

公主的美名传遍了王国。无数王公贵族献上珍宝，想要求娶公主。他们中不乏英俊优秀的小伙子，但是公主通通拒绝了。

这天，公主外出散步，来到了那片遇见卷毛角吕盖的森林。森林里热闹非凡，许多人在忙碌地筹备着什么。围在锅炉前的是厨师，“呼呼”的火焰舔舐着锅底，烤肉的香气顿时弥漫开来；来回奔走的是仆役，他们手提肩扛，搬运着各种物品。花匠们则细心地修剪着鲜花，玫瑰娇艳，百合皎洁，交错成芬芳美丽的花束。

公主走上前，好奇地问：“请问，你们是在准备什么宴会吗？”

一位厨师兴奋地回答她：“我们在准备卷毛角吕盖的婚礼！他明天就要迎娶新娘了！”

“卷毛角吕盖的婚礼？”公主低声重复着，心头猛然一震。“嗡”的一声，记忆的潮水席卷而来。她这才想起，一年前的黄昏，就在这片森林里，自己和一个丑陋却聪明的年轻人订下了婚约。作为回报，她得以拥有梦寐以

求的智慧。

“我怎么能忘记这么重要的事？”公主心乱如麻，下意识地后退了几步，想要逃离这片承载着记忆的土地。

可命运就爱捉弄人，卷毛角吕盖正巧出现了。他身着华丽的婚服，头戴金冠，脸上洋溢着无法掩饰的喜悦——他以为公主是来兑现承诺的。

公主不知所措地说：“很抱歉，我忘记了这份诺言，而且，我恐怕不能履行了。”

卷毛角吕盖十分难以置信，悲伤地说：“公主，这太让我意外了。为了这场婚礼，我足足筹备了一整年，你却说出这样残忍的话。”

“我确实承诺过你，”公主咬了咬嘴唇，试图镇定下来，“如果你是个愚笨的人,或许会指责我失信。但我们交谈过，你是我顶佩服的聪明人，你应该能理解我。一年前，我愚笨不堪，不懂得这份承诺的意义。如今我变聪明了，知道的更多，也更清楚这决定的草率。唉，如果你真的爱我，想娶我，你就不该让我变聪明。”

卷毛角吕盖回答说：“公主，我分享智慧，是不希望愁云永远遮住你的脸。你说愚笨的人可以怪罪你失信，难道聪明的人就必须咽下这苦果吗？哪有这样的道理？公主，我恳求你告诉我，除却外貌，我的出身、头脑、言谈举止，有哪一点让你不满意？哪一点与你不相配吗？公主，我余生的快乐都只在你的回答里。”

他的声音里压抑着无尽的痛苦，公主也察

觉到自己话中的荒谬，连忙说：“不，你刚刚说的，我都很满意。”

“那么，您只是觉得我的外貌与你不相配，”卷毛角吕盖松了一口气，“那事情就简单了，你可以帮我变得美丽。”

“我？我要怎么做？”

“当初你降生时，那位仙女也送了你一份礼物，可以和爱的人分享美丽。公主，假使你愿意爱我，愿意和我分享，那我也可以变得美丽。”

“我当然愿意！如果我能做到，我希望你的相貌和你的品德、你的智慧一样美丽！”

话音刚落，一片耀眼的金光瞬时笼罩住了卷毛角吕盖。而金光消失时，一位俊美挺拔的王子出现了，他明亮的眼睛好似夜晚的星辰，正是公主梦想中的爱人。

也有人说，魔法并不存在，是爱情和责任心改变了公主的眼光。她越过他驼的背、跛的脚、丑陋的面孔，爱上了他皎洁的灵魂，爱上了真正的美。

点拨

人的外貌是与生俱来的，而睿智的头脑、坚贞美好的灵魂，能够让一个外貌普通的人闪闪发光。

第二天，婚礼如期举行了。公主与卷毛角吕盖携手相伴，过上了幸福的生活。

伊凡王子和灰狼（俄罗斯）

从前，别连杰国王统治着一个庞大的王国。他有三个儿子：德米特里、瓦西里和伊凡，他们头脑聪明、仪表堂堂。别连杰热爱收集一切稀罕物，以彰显自身的地位，他尤其珍视花园里的一棵苹果树，因为那树只结金苹果。

可最近，总有小偷半夜潜进去偷吃金苹果。国王非常愤怒，专门派了一队卫兵去逮捕小偷。卫兵们白天尽职尽责地巡逻，到了晚上，就困得睁不开眼。一个月下来，别说抓到小偷，他们连小偷的影子都没见着。国王气得食不甘味，政务也懒得打理。三位王子看不下去，进言说："父亲，您别发愁了，抓小偷的事就交给我们吧！"

当晚，大王子德米特里留在了花园中。他围着苹果树绕了一圈又一圈，一个人影也没见到，眼看天要亮了，他支撑不住，倒在草地上睡着了。

第二天晚上，二王子瓦西里前去看守。他谨记大哥的教训，不能睡觉。可不知哪来的困意，从他的脚后跟一路窜到了头顶，他支撑不住，也睡了一晚。

两个哥哥都没能抓到小偷，轮到小伊凡了。夜晚来临时，他瞪大了眼睛，一只飞虫也不放过。一有困意，他就拿露水擦脸，强迫自己清醒。半夜，小偷来了，原来是一只金灿灿的火鸟！它的羽毛好似熔化的黄金，照得黑夜像白昼一样亮堂。趁它全神贯注地啄食苹果，伊凡悄悄走上前，一把掐住它的尾巴。火鸟受到惊吓，立刻振翅逃走，伊凡只来得及拽下一根细细的尾羽。

第二天早晨，伊凡王子说明了小偷的情况，并将羽毛交了上去。别连杰国王没见过这样特别的羽毛，他那热爱珍宝的心又躁动了起来。他召来三位王子，宣布说："亲爱的孩子们，谁能为我抓到火鸟，谁就能做我的继承人。"三位王子闻言，向国王鞠过躬，各自收好行李，骑上骏马，朝不同的方向出发了。

伊凡王子向着太阳的方向走。不知道走了多久，他疲惫不堪，于是将马拴在一棵树上，自己躺到树荫下睡着了。等他睡醒，马却不见了！

伊凡王子四处寻找，最后在一片草丛里发现了一副光秃秃的骨架——他的马的骨架。震惊之余，没了坐骑，他只能徒步前进。路面上满是碎石子，没走多远，伊凡的脚后跟就被磨破了。他闷闷不乐地坐在路边，一圈一圈揉着自己的脚。

这时候，一只漂亮的灰狼路过，他热情地问候道："你好，小伊凡，你怎么坐在这儿？谁惹你不高兴了？"

伊凡王子将丢马的经过告诉了他。灰狼问了马的特征，接着低下头，不好意思地说："真抱歉，伊凡王子，你的马……是我吃掉的。你知道的，我太饿了，它又刚好路过我嘴边。我没想到你要骑它出远门，你要去哪儿呀？”

“我受命为父亲寻找火鸟。”

“火鸟？”灰狼的眼睛亮了亮，若有所思地说，“看来是命运的指引，那家伙住在哪儿，只有我知道！来吧，伊凡王子，来我背上，我带你去找它。吃了你的马，我总得补偿你。”

伊凡王子翻身上了狼背，双手紧紧搂住他的脖子。“嗖——”灰狼像一道灰色的闪电般冲了出去。树木在他们身后飞快倒退，河流像银带一样一闪而过。转眼间，一座高大巍峨的城堡出现在了他们面前。

灰狼纵身一跃，跳进

城墙的阴影里，接着压低声音说：“伊凡王子，就是这儿了。等守卫们睡着，你翻墙进去，能看到一座塔楼，楼顶挂着一个金鸟笼，火鸟就在里面。你悄悄带走鸟儿，记住，千万别碰鸟笼！”

伊凡王子遵照灰狼的提醒，他爬上塔楼，将火鸟拢进了怀里。谁料他刚准备离开，目光却被鸟笼牢牢地吸引住。鸟笼本就金光闪闪，月光又为它镀了一层独特的光彩。王子的手不由自主地伸了过去——

就在指尖碰到鸟笼的那一瞬间，刺耳的喇叭声划破夜空，唤醒了整座沉睡的城堡。守卫们冲上塔楼，将伊凡王子团团围住，押送到阿夫伦国王面前。国王冷冷地质问：“莽撞无理的小偷，你是打哪儿来的？”

“陛下，我叫伊凡，是别连杰国王的儿子。”

“闻所未闻！”阿夫伦国王冷笑一声，“一国王子竟然做起了小偷？你父亲就是这样教你的吗？”

“陛下，容我说明，是您的火鸟先偷吃了我园中的金苹果。”

“哼，无论如何，你偷盗是无可争辩的事实！你要是还顾及王子的名声，就把库斯曼国王的金鬃(zōng)马带来给我。只要带来，我就原谅你，还把火鸟和金鸟笼都送给你。”

伊凡王子别无选择，只好答应国王的要求。他走出城门，灰狼正在等他。

点拨

一时的贪婪使伊凡王子陷入了新的难题。

见他垂着头出来，灰狼没好气地说：“哼，王子殿下，我已经告诉过你别碰鸟笼，你为什么没有听从我的劝告？”

“请你原谅，灰狼，那鸟笼太漂亮了，我实在没忍住……请你原谅。”

灰狼长叹一口气，像是早就料到这样的结果：“好吧，谁叫我吃了你的马。上来吧，帮人帮到底，我带你去找金鬃马。”

灰狼背着伊凡王子，风驰电掣般奔向了库斯曼国王的城堡。到了城墙下，他低声告诉伊凡王子金鬃马的位置，并叮嘱他："悄悄带走马，绝对不要碰它的辔(pèi)头①。"

伊凡王子点点头，翻过城墙，踮脚走进了城堡的马厩(jiù)，金鬃马就在那儿呢。但是，见到马流光溢彩的辔头，他又心痒难耐，想把辔头也带走。"轰隆隆"，一阵震耳欲聋的警报声响彻整个城堡，伊凡王子再次被捉住，守卫将他扭送到了库斯曼国王面前。

库斯曼国王狮子大开口，要伊凡王子把塔尔马特国王的女儿——美丽的叶烈娜公主——给他抢来。"只要你把公主带来，我就原谅你，还把金鬃马和辔头都送给你。"

卫兵们将伊凡丢出城门，灰狼早已等在那里，一看到他窘迫的样子，便没好气地甩了甩尾巴："你肯定是碰那副辔头了，谁叫你不听我的。"

摔得鼻青脸肿的伊凡王子连连道歉，灰狼叹了口气，还是决定再帮他一次。他背上王子，一路奔向远方的塔尔马特王国。到了城堡附近，伊凡王子正想询问公主的位置，灰狼却已经猜到了他的心思，瞥了他一眼，说："我可不会再相信你了，你就老老实实待在这儿，我去找公主。"说完，他敏捷地跳进了城堡。

叶烈娜公主就在花园中，一双美丽的眼睛倒映着天上的明月。灰狼见左右没人，猛地扑上去，将公主拽上背，接着撒腿就跑。伊凡王子在外头等得心焦，琢磨起了两个

①辔头：指套在马、牛等牲口颈部的缰绳。

哥哥的去向。这时，灰狼背着公主从天而降。伊凡王子见到公主苍白的脸，眼中闪着点点泪光，正想说些什么安慰她，灰狼就催促道："快上来，守卫们要追过来了！"

灰狼背着伊凡王子和叶烈娜公主，在夜色中狂奔。路过一片密林时，叶烈娜鼓起勇气，恳请他们不要杀自己。伊凡王子被她的话惊住了，立刻请灰狼停下。

"怎么啦，伊凡王子，你还有什么不满足？"灰狼转头问。

"灰狼，感谢你一直以来的帮助，但请你将叶烈娜公主送回去吧。我真是糊涂了，怎么能为了成全自己的名声，就牺牲无辜的姑娘。"

"这就对啦，伊凡王子，"灰狼点点头，"不过你别急，我有办法，你等着瞧吧！"

灰狼找到一间林中小屋，将叶烈娜安置妥当，然后翻了个跟头，变成一个和公主一模一样的美人，连发丝卷翘的弧度都分毫不差。伊凡王子就这样带着"叶烈娜"进宫了。库斯曼国王非常满意，连连点头："伊凡王子，你办得不错，金鬃马和辔头都归你了。"

伊凡王子松了口气，赶紧跳上马，去找真正的叶烈娜。

库斯曼国王为自己和"叶烈娜"举办了盛大的婚礼。到了晚间，他把公主带进卧房，转身一看，妻子竟然长出了狼的獠牙！国王吓得连滚带爬，而灰狼则趁机逃走，去和伊凡王子汇合了。

他们又来到阿夫伦王国，灰狼故技重施，变成金鬃马，住进了阿夫伦国王的马厩。国王把火鸟和金鸟笼给了伊凡王子后，就迫不及待想试试新马，他刚要跨上马背，马消失了，一头凶猛的灰狼猛地跃起，向他恶狠狠地扑来！国王吓得晕死过去，灰狼又趁机一溜烟逃跑了，很快就赶上了伊凡王子。

伊凡王子见到灰狼，感激地下马，向他深深鞠了三个躬："感谢你，灰狼！我的愿望已经实现，你不必再为我操劳。"

灰狼没有回应，他摇摇尾巴，目送他们远去，心里却清楚地知道，事情远没有结束呢。

金鬃马脚力非凡，伊凡王子骑着他，没几天就踏上了自己国家的领地。

途中，他和叶烈娜公主相谈甚欢，他向公主保证，只要把火鸟交给了父亲，就立刻送公主回家。两人聊着聊着，来到了国界线附近的森林。伊凡王子感到累了，他为公主找来食物和水后，就径自躺下来，准备睡一会儿。

然而，王子刚进入梦乡，他的两个哥哥就出现了。他们到别的地方去找火鸟，什么也没找到，只好两手空空地回来。见弟弟不仅带来了火鸟，还有一位美人相伴，他们胸中的妒火噼啪作响，一个可怕的念头顿时浮现出来。他们悄悄靠近，毫不留情地将尖刀刺进了弟弟的心脏。确定弟弟已经一命呜呼后，他们抢走金鬃马和火鸟，还挟持了正在哭泣的叶烈娜。

食腐乌鸦在伊凡王子上方来回盘旋，它们正准备冲下去饱餐一顿，一只漂亮的灰狼突然登场，赶走了它们。

灰狼带着一大一小两只乌鸦来到了王子身边，他嗅嗅伊凡王子，随后吩咐大乌鸦："我救了你的小乌鸦，作为交换，你把活水和死水带来给我。"大乌鸦挥着翅膀离开，很快把活水和死水带来了。

灰狼把死水洒在伊凡王子的心口，狰狞的伤口立刻愈合了。他又把活水洒在王子脸上，伊凡王子唰的一下睁开眼——复活了。

他伸了个懒腰，感叹道："这一觉真长啊！"

灰狼哈哈大笑："看看现实吧王子，要不是我，你永远也醒不过来了。你的两个哥哥杀了你，把火鸟、金鬃马和你爱的姑娘全抢走了。"

“怎么会这样！”

“哼，人不就是贪婪，快上来吧，我们去追他们。”

灰狼背着王子，很快赶上了两个哥哥。灰狼扑过去将他们撕得粉碎。伊凡王子再次向灰狼鞠躬道谢，这次，他们真的分别了。

回到王宫，伊凡王子献上了火鸟，同时一五一十地讲述了自己怎么得到火鸟，又怎么被哥哥们暗害。国王深感痛心，他觉得是自己的贪婪害死了两个儿子。于是，他将王位传给伊凡王子，什么宝物都没要，独自离开了王宫。

点拨

因为贪婪，伊凡王子多次陷入险境，阿夫伦和库斯曼国王纷纷被吓破胆，伊凡的哥哥们走向了死亡，而伊凡的父亲失去了珍贵的孩子。这是贪婪的恶果，与灰狼的无私付出、有情有义形成鲜明对比。

伊凡王子信守承诺，将叶烈娜公主送回了家。这件事后，公主也变得坚强勇敢，不再惧怕任何挑战。几年后，伊凡王子求娶叶烈娜公主，他们从此过上了幸福的生活。

第四章

生活智慧

老爷爷上学（南斯拉夫）

从前，有一对贫穷的老夫妻，住在山脚下一间塌了角的土坯（pī）房里。他们吃苦耐劳，每天天不亮便起来劳作。一到正午，豆大的汗珠就从他们的脸庞滑过，无声无息地湮没在深沉的泥土里。但是，土地属于地主，他们辛勤劳作换来的报酬，只够勉强维持生计，一块多余的布也买不起。远近四邻都知道他们贫穷，连老鼠都懒得光顾他们家。

背景延伸

在中世纪的欧洲，农奴制大行其道。农奴主占有土地，农奴的生产劳动成果须尽数上缴。这个故事正是对农奴制的黑暗现实以及彼时底层人民困苦生活的真实反映。

这天，老爷爷对着老奶奶叹气："老婆子，你说，为什么我们这样穷苦呢？要知道，村里那些稍微识点字的人，过得比我们好多了。我琢磨着，还是得去上学，学点文化，我们的日子会变好的。"

老奶奶觉得这话很对，就点点头说："去吧，老头子，我支持你，年龄算得了什么！"她翻出积攒的破布头，缝了个歪歪扭扭的小书包。老爷爷背上包，朝学校大步走去了。

“您好呀老师！”老爷爷笑眯眯地打招呼，“不知道您现在忙不忙？”

老师抬起头，见是一位白胡子老人，不免愣了一愣：“日安①，老爷爷，今天的课程已经结束了，我正准备回家呢。有什么我可以帮您的吗？”

老爷爷郑重地说：“我想请您收我当学生。”

老师脸上写满了吃惊：“老爷爷，不要开玩笑了，您这个年纪还要上学？您还是在家歇歇，享享清福吧。”

“哎，亲爱的老师，这话可不对。年纪大也得识字呀。咱们做活儿的，不认识字，不会算账，日子怎么能好？”

老爷爷坚持要上学，他的执着最终打动了老师的心，第二天起，老爷爷就坐到教室里，和孩子们一起上课了。他的脊背因经年累月的劳动磨损，怎么也直不起来，于是他弓着背，眯着眼，用裂口的食指跟着课本描画，用沙哑的喉咙跟着老师朗读。

这天，老爷爷像往常一样去学校上学，走着走着，他在山路上发现了一个装满金币的钱包。他在原地等了很久，直到太阳落山也没等到失主。第二天，第三天，失主始终没有现身。想着这些金币可能没人要了，老爷爷攥着钱包迫不及待地跑回了家。

到了家门口，老爷爷一只脚还没跨进去，就忍不住

---

①“日安”：白天与人相遇或分别时说的问候语，类似于“你好”。

大喊起来："老婆子，你快看，看我捡到了什么！上学真是好啊，钱竟然长脚跑来我们家了！"

老奶奶也很高兴："实在是太好了，老头子，我们辛苦了大半辈子，终于可以休息休息了。"她接过沉甸甸的钱包，一双手干裂粗糙，满是做农活留下的茧子，却在金币的映照下熠熠生辉。

第四天下午，地主到村里来了。大家都很疑惑，离收租的日子还远着，地主怎么来了？原来，地主丢了自己装满金币的钱包，他不记得丢在哪儿，只好挨家挨户地询问村民。问到最后，他不耐烦地挑起门帘，用门槛刮去靴底的污泥，走进了老爷爷和老奶奶的家。

看着眼前佝偻的房屋、瘸腿的家具、豁口的杯子，地主在心里挖苦道：真是两个穷鬼，他们难道能撞大运，捡到我的钱包吗？但来都来了，他还是问了一句：“老头，你有没有捡到一个装满金币的钱包？”

老爷爷是个忠厚的人，他坦诚说自己确实捡到了一个。

地主顿时来了精神，赶忙追问：“你是什么时候捡到的？”

老爷爷照实说：“我是上学的时候捡到的。”

地主听完先是哈哈大笑，接着冷哼一声，嘲弄道：“上学？我还没出生的时候，你就已经老得上不了学了！”说完，他摆摆手，头也不回地离开了。

就这样，老爷爷得到了钱包里满满当当的金币，上面的国王头像微微含笑，仿佛在说：“这原本就是你的钱。”

点拨

拾金不昧的老爷爷获得了这笔意外之财，而看不起人的地主丢失了原本属于自己的财富。

三个聪明人（英国）

从前有个村子，里面的人自诩(xǔ)聪明，办的却都是傻事。邻村人笑话他们是“愚人村”，村民们不服气，认为那些嘲笑他们的人才是真正的傻瓜。

这天清晨，一个村民早早起了床，准备去诺丁汉[①]办事。他走过晨雾弥漫的拱桥，正准备出村，一位乡亲迎面走了过来。

“早上好！”乡亲热情地打招呼。

“早上好！”他回应道。

“你上哪儿去？”

“去诺丁汉。”

“去诺丁汉干什么呀？”

“去买羊啊！”

“买羊？”乡亲皱了皱眉，“你要去买羊？”

“是呀，买羊。”

“那你走哪条路把它们赶回来？”

①诺丁汉：英国最古老的城市之一，位于英格兰中部。

“真稀奇！还能走哪？当然走这座桥了。”

乡亲猛地一跺脚：“不行！你不能走这座桥。”

村民纳闷：“谁规定的？”

“我规定的！”

“哼，我偏走。”

“我说不行就不行！”

两人你一言我一语，毫不相让，越吵越激烈。雾气渐渐散去，清晨的阳光晒在他们脸上，为焦灼的氛围又添上一把柴火。吵到最后，要买羊的人看了对面一眼，像已经买了好多羊似的,嘴里说着“去,去”,同时抡起棍子要赶羊。对面的乡亲像个防守的卫兵，也瞪大眼睛，举起棍子，要把羊轰回去。两人紧盯着对方，在不算大的空地上绕圈踱步，都把棍子攥得紧紧的。

“走开！”要买羊的人用棍子狠敲了一下地面，大喊道。

“你走开！”对面的人不甘示弱，也怒吼着。他挥动棍子乱敲，阻拦自己想象中的羊。

“滚开！”买羊人抓住他的乡亲，狠狠敲了一棍子。

“你滚开！”乡亲立刻回敬给他重重一棍。

两人不由分说厮打起来，打得天昏地暗，难解难分。直到双方从头到脚都负了伤，连气都喘不过来了，才停下来。当然，也只是暂时停下，他俩谁也不服谁，都用鼻子气愤地喷着粗气。

不一会儿，村里又出来了一个人。他赶着一辆满载谷子的马车，预备去磨坊(fáng)脱壳。看到这两位乡亲，他奇怪极了，都是邻居，他们为什么怒目相视。于是他跳下马车，朝那两只打架的“公鸡”走了过去。

“嘿，你们怎么了？在这儿比谁的脑袋更硬吗？”

“我说我要赶羊过桥。”一个人气鼓鼓地说。

“我说他不能。”另一个人叉着腰反驳。

当着第三人的面，他们俩又针锋相对地吵了起来，不知道是谁没忍住先动了手，两人再次扭打成一团。后来的那位村民被弄糊涂了，趁他们俩停下喘气的空当，赶忙问：“老乡，那么，你要赶的羊在哪儿呢？”

“唉，”第一个人说，“我不是正准备去诺丁汉买羊吗？”

第三个人哈哈大笑起来，觉得他们俩真是蠢到家了，只有聪明的自己看破了真相。他忍不住戏谑地说：“你们真是一对傻瓜！”

“什么！”一个人大叫。

“为什么？”另一个人问道。

第三个人叹了口气，慢条斯理地说：“来，让我告诉你们，为什么你们是一对傻瓜。”他将马车停在拱桥边缘，招呼两人过来帮忙。

为了弄清自己为什么是傻瓜，两个人顺从地帮他把一袋沉重的谷子抬了下来。

“现在，把这个口袋放到我肩上。”他俩又顺从地将口袋放了上去。之后，这人晃晃悠悠将这袋沉重的谷子扛到桥边，半搭在栏杆上。

两个人心里都打起了边鼓，难道这家伙只是故弄玄虚？但为了看看他是怎么个聪明法，他们纷纷踮起脚，将脑袋凑上前去。

迎着他们直愣愣的目光，第三个人嘴角上扬，慢慢地抬起了口袋的底——

“哗啦啦——”

金黄色的谷子像瀑布一样从口袋中倾泻而出，直直落入河里，溅起一片片金色的浪花。直到袋子空空，他才满意地拍了拍口袋，像个刚刚完成魔术表演的高手，问道：“现在，你们说说，这口袋里还有多少谷子？”

“嘿！没了！”一个人高声说。

“这，空了。”另一个人迟疑地答道。

“对极了！”第三个人用力一拍空口袋，补充说，“你们的脑袋就和这口袋一样，空空如也，竟然为了不存在的羊大吵一场！”

点拨

题目“三个聪明人”充满了反讽意味。或为不存在的羊群大打出手，或为证明对方是傻瓜倒光自己的谷子，看来自诩“聪明”的人容易做出更多的傻事哦！

寒鸦（爱尔兰）

萨克维尔街上有家布料商店，生意兴隆，远近闻名。它原本属于汤姆·莫尔的父亲，老莫尔去世后，年轻的汤姆·莫尔继承了店铺。这个被严格约束的小伙子摇身一变，成了有钱的自由人，不免放纵起来。

这天，汤姆·莫尔倚在店门前，漫不经心地吹着口哨，眼神时不时扫过街上的行人。突然，一个穿着寒酸的乡下人凑到了他跟前。

“滚开，别弄脏我的地。”汤姆·莫尔直起身，严厉地要赶那人走。

乡下人堆着笑，举起手中的篮子，殷勤地说：“少爷，您看这窝小寒鸦，都是很健康、很聪明的鸟儿。您有兴趣把它们带回家吗？”

“不要。”

“一窝只要九便士[1]，”看汤姆·莫尔起身要走，乡下人急忙抬高音量，“已经是贱卖了，少爷。”

汤姆·莫尔摆摆手，没好气地应付他：“去别处卖去，

---

①便士：英国的辅币，一百便士等于一英镑。

别挡着我做生意。”

就在这时，一只小寒鸦从篮子里探出头，“莫！莫！”地叫了起来。那声音听起来几乎和“莫尔”一模一样。

汤姆·莫尔被吸引了，他走上前，逗了逗出声的小寒鸦，随后说：“真见鬼，这小东西竟然也知道我的名字，这下我不得不买了。”他付给乡下人三便士，接过了这只命定的小鸟。

为了显摆，汤姆·莫尔给小寒鸦买了个金丝编织的鸟笼，将它挂在布料店最显眼的位置。他本人并不爱待在店里，尽管父亲老莫尔临终前叮嘱过，让他好好跟着师傅学手艺。但是，就像汤姆·莫尔说的：“学不学又有什么关系？反正这家店是我的。”

他经常在外纵情游荡，店里的学徒们没人看管，就总趁着歇息，故意用顶针敲打小寒鸦的鸟笼：“你是谁呀你是谁？”

小寒鸦每次都配合地回应道：“莫！莫！”——活脱脱一个汤姆·莫尔的影子。

学徒们哄笑着接话：“是萨克维尔街的汤姆·莫尔。”

当然，他们从不敢当着主人的面这样做。

渐渐地，小寒鸦学会了这些话。在没人给它喂食，或是

你知道吗

乌鸦是一种非常聪明的鸟类，它可以通过调整发声肌肉，简单模仿人类的语言。在西方文化中，乌鸦具有双重文化含义，它既是智慧的象征，同时也是死亡和厄运的使者。

感到孤单的时候，它就自言自语道："你是谁呀你是谁？是萨克维尔街的汤姆·莫尔。"

没过两年，汤姆·莫尔迷上了赌博。起初他只是想找点乐子，但托身边那群绅士朋友的福，他的赌注越加越大，输掉的钱也像滚雪球一样，越来越多。

有一次，他把筹码都输光了，只好回店里拿钱。这才发现，店里的伙计趁老板不在，一个个地都在偷懒躲生意。愤怒的汤姆·莫尔当场辞退了几个伙计，并决心要亲自看店。可是，汤姆·莫尔的心里却始终放不下赌桌上的玩意儿。一番思考后，他将店铺的餐桌改成了赌桌，邀请朋友们来店里玩。

这时候，小寒鸦已经长大了。它不再安静地待在笼子里，而是在店里到处飞。事实上，它的金丝笼子也早就被汤姆·莫尔卖掉换钱了。店内最吸引它的地方是餐厅，里头总是烟雾缭绕，汤姆·莫尔和朋友们就在那儿赌钱呢。

其中有位朋友，不论白天黑夜总是在赢，其他人就抱怨说："真见鬼，他够狠的。"听得多了，寒鸦也学会了这句，它一边飞一边嚷："你是谁呀你是谁？是萨克维尔街的汤姆·莫尔。真见鬼，他够狠的。"

汤姆·莫尔一直赌一直输，一直输一直赌！终于有一天，他输光了所有积蓄，赔掉了店铺，只好借钱去赌，又因为还不上赌债被抓进了监狱。好在他在监狱里头住着单间，日子还不算太差。外头的朋友时不时接济他一把，寒鸦也还陪在他身边，供他解闷儿。每当里头有人问他犯了什么事进来，他就摊开双手回答:“唉，交友不慎，命运弄人啊……”

不久，寒鸦也学会了这句，再有人问汤姆·莫尔，它就抢先回答说:“是萨克维尔街的汤姆·莫尔。为什么会进来？唉，交友不慎，命运弄人啊……”

又过了几年，汤姆·莫尔和朋友们在狱里相见了。剩下的伙伴，要么去世了，要么被债务逼得远走他乡，总之没人再能接济他。原本的“优待”消失了，汤姆·莫尔只好带着寒鸦搬去了大通铺。那里潮湿又拥挤，青苔在砖缝里蜿蜒，霉斑爬满了墙面，像是一块腐坏的裹脚布。

没过多久，汤姆·莫尔就染上了病，什么也吃不下，奄奄一息地躺在大通铺的一角。尽管地上铺着薄稻草，刺骨的寒意还是肆无忌惮地在他身上蔓延开来，死亡正在后面排着队呢。寒鸦乖巧地伏在他身边，陪他一起等待那最终审判的降临。

这一天，或许是察觉到了什么，一向安静的寒鸦突然开口，将从前学过的话连着说了好几遍:“你是谁呀你是谁？是萨克维尔街的汤姆·莫尔。真见鬼，他够狠的。为什么会进来？唉，交友不慎，命运弄人啊……”

正在弥留之际的汤姆·莫尔被触动了。他回想起与小寒鸦初次相见的场景，以及那之后，自己如何无知又快乐地走向堕落。深深的悔恨涌上心头，他忍不住淌下

泪水，喃喃低语道：“为什么，为什么我会沦落到这个地步？父亲给我留下了丰厚的财产、稳当的家业，我却用赌徒的骰(tóu)子，把它们置换成了这座坟墓……”

他看向小寒鸦，想到这几天它滴水未进，心中又一阵酸楚：“不行，如果我注定要死在这儿，绝不能让无辜的它也葬送在这里。我做了那么多错事，绝不能再添一件了。”

汤姆·莫尔挣扎着起身，向高处的铁窗找去，他深吸一口气，一阵较劲后，终于将小寒鸦送出窗外。冬日清冷的空气迎面扑到他的脸上，也吹醒了虚弱的小寒鸦。寒鸦似乎明白了主人的意思，它勉力振翅飞起，扑腾着飞到了窗户的上方。它在那里不舍地盘旋，频频回望，恰好有一群它的同类飞过，寒鸦就和它们一起，消失在了汤姆·莫尔的视线中。

这群寒鸦栖居在城郊一个贵族的大花园里，园丁正忙着为主人的室外宴会铺设草皮。可白天他铺好多少，夜里寒鸦就掀起来多少，像是专门和他作对。园丁烦透了这些碍事的鸟儿，他找来一杆猎枪，打算给它们点颜色瞧瞧。不过，寒鸦们的警觉性很强。它们轮流放哨，默契十足，只要园丁举起枪，树上的“哨兵”就立即发出“莫！莫！”的警报，提醒其他寒鸦速速撤离。

园丁费了好一番力气，终于靠陷阱逮到了十多只寒鸦，也包括汤姆·莫尔的那只。他用网兜着鸟儿们，走进了一间无人居住的阁楼。关好门窗，他把猎物们放出来，冷笑着说：“哼哼，现在，你们这些黑毛浑蛋可逃不掉了，准备接受惩罚吧。”说完，他抓住一只鸟，残忍地将它摔到地上，“干掉一个！”

趁着园丁抓第二只鸟的间隙，汤姆·莫尔的寒鸦飞到阁楼的横梁上，大叫道：“真见鬼，他够狠的。”尖锐的叫声在安静的阁楼中回荡，园丁吓得一颤，手中的鸟儿也趁机挣脱了。

“这房子没人住啊，”园丁咽了咽口水，再次检查了门锁和窗户，确认没有问题，“估计是我听错了。”

当第三只寒鸦被摔到地上时，汤姆·莫尔的寒鸦再次开口了：

“真见鬼，他够狠的。”

园丁瞬间脸色大变，背后惊出一层冷汗。他转过身，发现原来是一只寒鸦咕哝着嘴，在说那些叫人毛骨悚然的话。园丁壮起胆子问：“你是谁？”

“是萨克维尔街的汤姆·莫尔。”寒鸦冷冰冰的声音渗出阵阵寒意。

“你……你怎么到这儿来了？”

寒鸦抖了抖翅膀：“唉，交友不慎，命运弄人，交友不慎，命运弄人啊……”

这回轮到园丁惊慌失措了，他连滚带爬地拉开阁楼的门，跑下楼梯，冲出了房子，中途一次也不敢回头。寒鸦们紧随其后，翅膀划破四合的暮色，飞向了自由的远方。

丈夫做家务（俄罗斯）

从前，某个农庄上住着一对夫妻，丈夫耕田犁地，妻子操持家务。日子虽过得不错，但做丈夫的心里总拧着一个疙瘩。在他看来，自己每天早出晚归，累得腰酸背痛、汗流浃背，妻子却只待在家里，做些轻松的家务活儿。这天，他又抱怨妻子说："我在外头风吹日晒，累死累活，你却在家里享福，真舒服啊。"

妻子笑了笑，放下手中的针线活，好声好气地回答道："亲爱的，你别生气，明天咱俩换换，我到地里干活儿，你来照看家里，让你好好歇一歇。"

丈夫欣然同意，心想："嘿，可算轮到我轻松一回了。"

第二天一早，妻子就背着锄头下地了，丈夫如约留在家中。临走前，妻子交代了三件要紧事：烤面包、打发奶油、看好家里的母鸡和一窝小鸡。其余的活儿，她料想丈夫也没时间做。听完妻子的嘱咐，丈夫心里乐开了花，拍着胸口保证说："这么点小事？太简单了，我一口气就能把它们全做完。"

他首先来到鸡窝前面，取出一根长线，笨手笨脚地将母鸡和小鸡们的脚捆到线上。“这下，看老鹰还怎么把小鸡给叼走！”

丈夫满意地拍拍手，走进屋子，准备烤面包。这件事的流程也不复杂，他先拿出面粉，倒水和(huó)面，接着生火，最后将面团一股脑儿放进火炉里。

趁着等面包的工夫，丈夫坐下来，挽起袖子，开始打发奶油。没打两下，他觉得有些口渴，于是走下地窖，准备给自己弄点儿麦芽酒喝。他刚拔下木塞，将龙头插进酒桶里，屋外的老母鸡就急促地叫了起来。

担心是老鹰来了，丈夫顾不上酒，拿着龙头就往门外跑。果然，老鹰叼起一只小鸡正准备逃走。更糟糕的是，由于丈夫把一群鸡用绳子捆在一起，老鹰一叼就是一长串，像放风筝似的。他心里着急，甩出手中的龙头去砸老鹰，当然没有砸中。

“这可糟了，”丈夫懊恼极了，但转念一想，“叼着这么一长串，想必老鹰飞不远。”于是，他准备去追赶老鹰。

临走前，丈夫瞥见地上那桶还没打发的奶油，索性背上奶油桶去追。“正好，路上还能把剩下的奶油给打发了。”

可他只顾着寻找天上的老鹰，没注意脚下，没走多远就被地上的小沟绊倒，摔了个四脚朝天。奶油也从桶里流出来，汇成一道道汩(gǔ)汩的白色小溪流。“哎哟，我的奶油！”正当他对着地上的奶油叹气的时候，老鹰早已衔

着那一串小鸡飞远了。

一转眼，三件事中的两件都被丈夫搞砸了。

他垂头丧气地往回走，到了家门口，一眼就看到那砸老鹰的龙头还躺在地上。“糟了！我的酒！”丈夫狠狠拍了一下脑门，撒开腿冲进地窖。酒香弥漫，眼前的景象让他差点晕了过去——没有了酒塞和龙头的阻拦，麦芽酒像泉水一样从木桶里涌出，汇成了一片小小的金色池塘。他伸手去摸酒桶，里面空空如也，连一滴酒都没能留下。

丈夫只好苦笑着安慰自己：“好吧，好吧，事情不会再糟了。”刚走出地窖，他又嗅到一股焦味。循着味道，他来到了炉子跟前——

“我的面包！”丈夫急忙打开炉子，顿时，一股呛人的黑烟翻滚而出，呛得他连连后退。烤得太久，面包已经全都成了焦炭。这下，事情变得更糟了。

“这可怎么办？”丈夫捂着脸蹲下了，“我不能一件事也做不成啊！”

突然，他想到了办法。只见丈夫翻箱倒柜找来一堆鸡蛋，小心地将它们摆在温暖的稻草上，接着深吸一口气，缓缓蹲下，做出母鸡一样的姿势，嘴里嘟囔着：“既然把小鸡弄丢了，总得补救一下……要是能孵出一窝新的，妻子就不会太生气了吧？”

转眼，太阳落山，妻子从地里回来了。她推着一辆木轮车，准备把从地里割好的草料卸下来。以往丈夫卸车的时候，妻子都会出来帮帮忙。可今天，直到她全都卸完，也没等到丈夫出现。

“应该是在忙，他对这些家务还不熟练呢。”妻子没把这事放在心上，她哼着歌，欢快地走进屋，准备尝尝丈夫做的晚餐。但左看右看，连丈夫的影子都没找到。

突然，炉灶底下传来一阵奇怪的“咕咕”声。妻子皱了皱眉，弯下腰往里一瞧——只见丈夫缩成一团，正蹲在一堆鸡蛋上，认真模仿母鸡孵蛋呢。

妻子愣了几秒，忍不住捂着肚子哈哈大笑起来：

“亲爱的，你这一天过得可真不轻松啊！”

点拨

男主外女主内的家庭分工，实际上是经济制度、男女天生的力气差异等多种因素影响而成的。既然成为一家人，就要互相体谅、互相爱护，而不是抱怨自以为的对方的“轻松”哦！

聪明的七岁小女孩（俄罗斯）

从前有一对兄弟，哥哥富得流油，弟弟却穷得揭不开锅。这天，他们一起驾着马车赶路，富哥哥的高头大马神气十足，穷弟弟的母马却瘦得连肋骨都清晰可见。天色渐晚，他们决定在沿途的一家旅馆过夜，两匹马就紧贴着拴在旅馆的门口。夜里，母马生下了一头小马驹。可怜的小家伙刚出生，腿软得站都站不稳，“啪嗒”一声滚到了富哥哥的大马车底下，母亲都没来得及舔一舔它。

天刚亮，哥哥就推醒弟弟，满脸喜色地说：“弟弟，你可得恭喜我！我的马车生小马驹啦！”弟弟知道这是不可能的，立刻争辩说：“马车怎么可能生小马驹？这明明是我那匹母马生的！”哥哥却嗤笑着反驳：“你的母马生的？要是它生的，小马驹应该躺在它身边呀。”他们你一言我一语，吵得不可开交，谁也不肯让出这头小马驹。最后，他们决定上法庭，让法官评评理。

法官是个贪婪的家伙，富哥哥往他口袋里塞了一把金币，他就摸着胡须点点头，在法庭上偏袒富哥哥。穷弟弟将事情的原委讲得清楚明白，却因为没钱买通法官，得不到应有的公正判决。他对审判结果很不满，一直据理力争。这件事最终被汇报给了当时的最高统治者——沙皇[1]。

沙皇召见了两兄弟，给出了四道谜语题，并要求他们三天内作出回答。答对的人不仅能得到马驹，还能获得沙皇的赏赐。答错的可就惨了，他要为愚弄律法付出高昂的代价。两兄弟都愁眉苦脸地离开了皇宫。

回到家，富哥哥挠着貂皮领子下的脖颈，在铺着地毯的客厅里来回踱步，银靴跟敲得地板咚咚作响，却始终想不出答案。于是，他摆出一桌丰盛的宴席，准备向自己的岳母求助。岳母见他满面愁容，就问他：“亲爱的孩子，你这是怎么了？”他便将事情的原委讲给岳母听。

“是什么谜语？和我说说吧，”岳母笑着说，“我可是村里公认的最聪明的人。”

“第一个谜语是：世界上什么东西最强也最快？”

“这很简单，是我丈夫的那匹栗色马。它腿脚强健，跑得最快的时候，连野兔都能轻松追上。”

“第二个谜语是：世界上什么东西最肥？”

“哦，孩子，你真该见一见我家那头大肥猪，这两年我们好吃好喝地喂着它，它肥得几乎站不起身！我们准备今年把它宰了，到时候也请你赏脸来吃饭。”

“谢谢您，亲爱的母亲，我一定会到的。那么，第三个谜语是：世界上什么东西最柔软？”

---

①沙皇：俄国旧时皇帝的称号。

“最柔软？那一定是绒毛褥子，有什么能比它更柔软呢。”

“最后一个：世界什么东西最惹人喜爱？”

“天呐，我敢拍着胸脯保证，绝对是我的孙子小伊凡！”

富哥哥握着岳母的手，激动不已地说：“亲爱的母亲，真是太感谢您了，我一辈子都忘不了您的恩德啊！”

至于穷弟弟，他一回到家就默默地流眼泪。他猜不出这四道谜语，而沙皇说的惩罚不知道会有多严酷，要是被抓进去，亲爱的妻子、可爱的女儿要怎么办呀？他的女儿才七岁，难道就要失去父亲了吗？

就在这时，他七岁的女儿回来了。尽管做父亲的立刻揩(kāi)②干净了眼泪，小女孩还是一眼就看出了端倪(ní)。她关切地问：“父亲，您怎么哭啦？发生什么事了吗？”

“唉，我们的沙皇给我出了四道谜语，要是答不上来，我恐怕就要……”他哽咽着，不愿意说出那个最坏的结果。

“您说给我听听吧，两个人一块儿想，总比一个人流泪要好。”

穷弟弟就把四道谜语题说给女儿听。小女孩思索片刻，扬起头，眼神智慧又狡(xiá)黠：“父亲，我知道答案了，您就这么告诉沙皇陛下吧！世上最强也最快的是风，它

---

②揩：有擦和抹的意思。

能劈开坚硬的山石，掀起狂风巨浪；世上最肥的是土地，万物生长都有赖于土地的滋养；世上最柔软的是手，因为人们不管躺在哪里，总要以手为枕；而最让人喜爱的是梦，梦乡是世上最安稳、最甜蜜的地方。”

到了第三天，两兄弟一齐面见沙皇，给出了他们的答案。沙皇摆摆手，哥哥就被拖了下去。他大喊求饶，沙皇却一个眼神也没赏给他。就在弟弟以为一切顺利的时候，沙皇转过头，厉声责问他：“这是你自己想出来的答案吗？想清楚再回答我！”

“是……是我七岁的女儿，陛下。”

“哦，你的女儿，”沙皇神色稍有缓和，“她这么聪明，想必没什么她做不成的事。这样，你把这根丝线拿给她，明天一早，我要见到这根丝线织成的绣花丝巾。”

穷弟弟接过丝线的手抖个不停，回家的步子也缓慢又沉重，这是不可能完成的命令啊，他忧虑地想。

小女儿又被父亲的泪水弄糊涂了，直到听说沙皇的要求后，她不紧不慢地找到家中的桦木扫帚，从上面折下一小截树枝交给父亲：“您就告诉沙皇陛下，这事我办得到，只是要劳烦他找工匠将这根小树枝做成织布机，有了工具我才能干活呀！”

第二天，穷弟弟按女儿的话做了，沙皇果然没再要求什么丝巾。但是，新的问题来了。沙皇命人交给他一百五十个鸡蛋，让他带话给小女孩：“明天一早，我要看到这一百五十个鸡蛋孵出的一百五十只小鸡仔。但凡少一只，你就等着瞧吧。”

回去的路上，怀中的鸡蛋仿佛一块块滚烫的石头，压得穷弟弟喘不过气。到了家，他告诉女儿沙皇的新难题，神色比上一次更加沉郁。

七岁的小女孩却依旧十分镇定，她拿出一部分鸡蛋烤熟了，当作今天的午餐和晚餐，剩下的储藏起来，留着以后再吃。面对惊慌的父亲，她将烤好的鸡蛋递给他，笑着说：“父亲，您先尝尝鸡蛋吧！等明天，您就告诉陛下，这些小鸡很特别，它们只吃一天内完成耕地、播种、收割、脱粒的谷子。”

隔天听到这一回答，沙皇攥住权杖，沉默了很久。在穷弟弟惴(zhuì)惴不安，一颗心几乎要从胸膛中跳出来的时候，他开口了：“好吧，你的女儿确实很聪明，我要亲自见见她。你叫她明天一早来宫里见我，不许步行也不许骑马，不许穿衣服也不许不穿衣服，不许带礼物也不许不带礼物。”

这要求太匪夷所思了，穷弟弟想了一路，觉得这一次恐怕女儿也没辙了。但是，小女孩听到后，只是眨了眨眼睛，微微一笑，仿佛这道难题不过是个有趣的游戏。她轻轻拍了拍父亲的手，眼神明亮而笃定：“父亲，这不难，别为我担心。请您去猎户那儿，为我买一只活兔子和一只活鹌鹑(ān chún)吧。”

月亮圆了又缺，第二天一早，沙皇的传令官叩响了这家人的木门。小女孩脱下衣服，将渔网层层叠叠地裹在身上。

接着，她跨上兔子的脊背，拎起鹌鹑，朝王宫出发了。沙皇正站在宫殿门口，等着瞧她怎么过来呢。

见到衣着华贵的沙皇，小女孩站起身，将手里的鹌鹑递过去，恭敬地说："陛下，这是献给您的礼物。"鹌鹑一离开女孩的手，就扑腾着飞走了，压根儿没到沙皇手里。

"好，"沙皇满意地点了点头，"你确实按我说的做了。那么，告诉我，你家里这么穷，你们靠什么生活呢？"

"陛下，我父亲在旱地上撒网，不需要鱼饵也能捕到鱼。等他捕鱼回家，我就煮鱼汤给一家人喝。"

"孩子，你在说什么胡话，鱼怎么会生活在旱地上？"

"陛下，既然马车能生出小马驹，鱼在旱地上生活又有什么稀奇呢？"

沙皇一时语塞，只好立刻下令将小马驹还给穷弟弟，并额外赐给他许多金银财物。至于小女孩，她因为聪慧过人而被接进王宫，长大后，她嫁给了沙皇的继承人，成为有史以来最睿智、贤明的王后之一。

分享

即使强大如沙皇，也不能与智慧的力量相匹敌。这个聪明的七岁小女孩一次又一次用智慧化解了眼前的危机。你曾经遇到过哪些难题，又是怎样用智慧化解的呢？和身边的人一起交流分享，感受智慧的魅力吧！

煮熟的鸡蛋（捷克）

很久之前，可怖的饥荒席卷了某个不知名的小村庄，夺去了一个工匠学徒全部亲人的生命。学徒别无选择，只好外出讨生活。许多个日夜，他在荒野与城镇之间漂泊，始终找不到安身的地方。

这天，工匠学徒实在饿得走不动路了。估摸着口袋里还剩一点点钱，他走进一家餐馆，要了一杯啤酒、一块干奶酪面包和八个鸡蛋，狼吞虎咽地吃了起来，仿佛再没有下一顿。食物喂饱了他咕咕叫的肚子，也稍稍安抚了他悲伤的心。

吃饱喝足后，工匠学徒正准备付钱，手伸进口袋却摸了个空。原来，钱不知道什么时候被他弄丢了。他心跳陡然加速，额头上渗出一层冷汗。怎么办？付不上钱，自己难逃一顿毒打，说不定还会被送进监狱。学徒害怕极了，他偷偷瞟了一眼老板，见对方打开了地窖的门，正准备下去取酒。

“咚咚咚”，越来越快的心跳声提醒他，时间紧迫，错过这一瞬，可能就再也没有机会了。学徒咬咬牙，飞快地奔向窗户，手臂一撑，翻身跃了出去。一落地，他立马跌跌撞撞地往城外奔去。

等老板从地窖上来，桌上只剩一堆剥下的鸡蛋壳了。他气得捶胸顿足，痛骂逃单的浑蛋没有良心。但学徒早就跑远了，他也无可奈何。

时光飞逝，一晃已是二十年后，工匠学徒成了一名技艺精湛的知名工匠。有位远方的客人格外仰慕他的手艺，不惜花费重金，聘请他到自己家做工。工匠接下任务，开始了跨越半个国家的旅程。

这天，赶路的工匠又一次来到了这个年轻时到过的城镇。到了吃饭时间，他随意推开了一家餐馆的门，走了进去。一见到这家店的老板，工匠愣住了，那不正是二十年前的那位老板吗？岁月在他的脸上留下了深深的痕迹，但那双眼睛依旧那么明亮。

怀着难以言说的隐秘歉意，工匠低下头，再次要了一杯啤酒、一块干奶酪面包和八个鸡蛋。食物很快就被端了上来，这一次，他不紧不慢地咀嚼着、品味着。

结账时，工匠叫来老板，问他："我应该付您多少钱？"

老板完全没认出眼前这个大方得体的工匠正是二十年前落荒而逃的小伙子，他笑着回答说："一共三克朗[①]，客人。"

工匠打开钱包，拿出三十克朗放到老板手上。

---

①克朗：捷克的货币单位。

“客人，您听错了，只需要给我三克朗就行了。”老板一边说，一边数出多余的钱要还给工匠。

工匠拦住老板递钱过来的手，看着对方疑惑的眼睛，真诚地说：“老板，您都拿去吧。我不仅是付自己的账，还是替二十年前的一个工匠学徒付账。他在您这儿吃了和我今天一样的东西，却没有结账就跑了。”

“你怎么知道这件事？”

“其实，那个工匠学徒就是我，”工匠难为情地笑了笑，紧接着补充说，“真的很抱歉，我当时实在拿不出钱来。不过当我一挣到第一桶金时，就立即回到这个镇子，想要还钱。但那时您的餐馆已经闭店了，我不知道去哪儿才能找到您。直到今天再次遇到您，这笔账终于能结清了。”说完，他如释重负地舒了一口气。

老板沉默良久，他眯起眼睛，摸了摸下巴，似乎在算计着什么。随后，他将三十克朗放在桌上：“先生，这不行，如果那个逃单的人是您，那这笔钱应该重新算一算。”

点拨

老板不合常理的动作，预示着他将对工匠的感恩行为报以出人意料的回应。

见工匠没明白他的意思，老板解释说：“您想想看，八个鸡蛋，假使我把这八个鸡蛋给母鸡孵，鸡蛋会孵出多少小鸡？这些小鸡长大又会生出多少小鸡？二十年啊！二十年过去，我会有多少只鸡？恐怕数也数不清。您必须要付给我这些鸡的钱，不然的话，我就去法庭上告你！”

听了这话，工匠忍不住笑了起来，他以为老板在和他开玩笑。但是，老板郑重的神色正告诉工匠，不付这些钱，他真的会将他告上法庭。工匠慌了手脚，一时不知道怎么办才好。

这时，店里还坐着一个农民，从工匠进门起发生的所有事，他都看得一清二楚。他重重地放下手中的啤酒杯，走到工匠面前说："先生，别害怕，上法庭也没什么。你并不是一个罪大恶极的人，我会帮你的。你只要告诉法官，必须等你的辩护人到了才能开庭。"

工匠人生地不熟，不知道能找谁帮忙，见农民有办法，他就照办了。法庭上，所有人和法官一起等着辩护人，可是等了又等，足足一个钟头过去了，农民还是没有来。法官忍无可忍，正要宣布开庭，这时，农民才姗姗来迟。

快乐读书吧系列丛书

扫码听音频

阅读指导与考点手册

欧洲民间故事

紧贴新版教材　掌握阅读策略　实现能力进阶

在欧洲这片古老的土地上，流传着无数引人入胜的故事。这些在民间广为流传的故事，成为连接过去与现在的桥梁。而《欧洲民间故事》，就是对这些故事的一次精彩集结，不仅为我们提供了一次穿越时空的旅行，更让我们得以窥见欧洲文化的深层面貌。

故事来源

欧洲民间故事出自许许多多劳动人民之口。最初，他们将自己的所见所闻作为创作素材，融入丰富的想象力，编织出了一个又一个生动而有趣的故事。这些故事与欧洲人民的生活息息相关，既有娱乐的功能，又有教化的作用。然而，经过长时间的口耳相传，有些故事失传了，有些却因为得到后世作家和听众的青睐，得以被收集、整理和记录，最终以文字的形式留存下来，以飨今天的众位小读者。

主旨解读

《欧洲民间故事》是一系列流传于欧洲各地的故事的集合。这些故事源自不同的文化和历史背景，涵盖了日常生活的各个方面。它们采用民间故事、童话故事、动物寓言等形式，以或真实或充满想象的情节，表现着欧洲人民尚真、尚美的追求，蕴含着欧洲人从世代累积的生活经验中汲取出的深刻的道德教育和生活智慧。这些故事不仅以生动曲折的情节吸引着我们，同时还展现着欧洲独特的风土人情，以浅显易懂的文字映照出人性的光辉与复杂。

艺术特色

1.《欧洲民间故事》是一部汇编性故事书，它宛如一座勾连国别的桥梁，将欧洲各国口耳相传的故事汇编在一起，通过艺术再现，反映欧洲各国在生活习俗、价值观念、宗教信仰和哲学思考等方面的共性与差异。因而从创作背景上看，《欧洲民间故事》建立在丰富的文化背景之上，是从丰沃的文化土壤中开出的灿烂花朵。

2. 口头性和集体性是欧洲民间故事的重要特征。这些故事经过口耳相传，通过不同文化基础的人们的再加工，逐渐演变成现在的形式，它们传承了独特的欧洲文化，表达了欧洲人民内心的美好期盼。

3. 幻想性与真实性也是欧洲民间故事的艺术特色之一。它独特而浪漫，真实而深刻。这些充满魔法的故事，带领我们走进了一个个奇幻世界；而它们深植于现实的故事内核，又无数次引发万千读者的共鸣与思考。

4. 从内容上看，欧洲民间故事主要有以下几个特点：

故事情节	神奇、反复
故事模式	善有神助；喜剧结局
故事主旨	尚真、尚美、尚善
故事表达	浅显易懂

欧洲民间故事经典角色

人物	形象特点	动物	形象特点
牧羊人	聪明勇敢 知错能改	灰额猫	贪吃、聪明、沉着冷静
卷毛角吕盖	聪明机智 懂得分享	小母鹅	缺乏经验、聪明机智
七岁小女孩	智慧勇敢 不畏强权	灰狼	智慧勇敢、乐于助人

三大民间故事异同对比

	所属地域	情节特点	人物形象	民俗文化	经典篇目
欧洲民间故事	欧洲	常见精灵、仙女等超自然元素，人物往往会经历神奇的冒险或转变	包含人物、动物等多种形象，主人公常常随着情节的发展有所成长	反映欧洲人民尚真、尚美的追求，往往具有较强的道德教育意义	《卷毛角吕盖》
中国民间故事	中国	常见神仙等超自然元素，多用“善有善报，恶有恶报”的情节模式	正反派人物色彩鲜明，正面人物常常有特殊才能且智勇双全	反映传统节日、婚丧嫁娶、饮食服饰等多个方面的文化习俗	《白蛇传》
非洲民间故事	非洲	常见超自然角色，同类情节采用的叙述、发展模式相似	动物形象常有象征性，人物形象有阶级性	反映非洲的传统习俗，故事中包含奴隶、殖民等相关元素	《傻瓜的选择》

真题大闯关

一 选择题

1.（2024·鄞州区）班级图书角按主题摆放书籍，不恰当的一组是（　　）。

A.《中国民间故事》《欧洲民间故事》《非洲民间故事》

B.《西游记》《三国演义》《水浒传》《红楼梦》

C.《童年》《小英雄雨来》《爱的教育》《哈利·波特》

D.《鲁滨逊漂流记》《骑鹅旅行记》《汤姆·索亚历险记》

2. 下列关于民间故事理解不正确的一项是（　　）。

A. 民间故事作为一种口头艺术，一般有固定的类型和重复的段落，这是为了在讲述中方便记忆，同时加深听众的印象

B. 民间故事往往寄托着人们朴素的愿望

C. 民间故事存在于世界各地

D. 民间故事只存在于中国

3. 下列哪一项不属于《欧洲民间故事》中的故事类型？（　　）

A. 神话　B. 童话　C. 历史故事　D. 寓言

4. 下列故事中属于欧洲民间故事的一项是（　　）。

A.《田螺姑娘》

B.《列那狐的故事》

C.《梁山伯与祝英台》

D.《傻瓜的选择》

5. 欧洲民间故事精彩纷呈，我们可以跟随（　　）踏上寻找三只会唱歌的苹果的旅途。

A. 小牧羊人　　B. 伊凡　　C. 列那狐

6.（2024秋·闽侯县期末）本学期，我们一起阅读了《欧洲民间故事》，知道了《灰额猫、山羊和绵羊》这则故事中，最聪慧的动物是（　　）。

A. 山羊　　B. 绵羊

C. 白狼　　D. 灰额猫

7.（2024秋·阜宁县期末）下列故事情节不是欧洲民间故事中的一项是（　　）。

A. 小牧羊人寻找会唱歌的苹果

B. 棕熊与灰额猫、山羊、绵羊聊天

C. 列那狐巧言骗取狮王的信任

D. 八仙过海，各显神通

8.（2022秋·英德市期中）下列说法正确的一项是（　　）。

A.《示儿》的写作背景是作者看到当朝统治者即将收复失地，但作者已处弥留之际，因此告诉儿子等收复后要以祭祀的方式告诉他

B.《将相和》以秦赵两国的矛盾为背景，按照“渑池相会—完璧归赵—负荆请罪”的顺序叙述故事

C. 读欧洲民间故事，我认识了善良的田螺姑娘、狡猾又幽默的列那狐、“曼丁之狮”松迪亚塔

D.《珍珠鸟》的作者是冯骥才，课文通过两件事表

现了作者对小生灵真诚的、无微不至的爱。作者养鸟最大的感受是：信赖，往往创造出美好的境界

二 填空题

1. 情节补充。

在阅读《灰额猫、山羊和绵羊》的过程中，我们可以认识一只聪明的灰额猫，请你根据故事内容，找出灰额猫聪明的表现。

2. 阅读《欧洲民间故事》时，我们常常会被其中的一些人物或故事吸引，请完成下面的“我喜欢的人物形象推荐表”。

人物	出处	喜欢的理由
	《　　》	
	《　　》	

3.（2024秋·息县期末）结合自己平时的阅读积累，完成下面的练习。

（1）“化蝶双飞”这个词语源自中国民间故事《____________》；“三只会唱歌的苹果”出自欧洲民间故事《______________》。

（2）世界各国的民间故事精彩纷呈：《大象回家》是（　　　　）民间故事，讲述了大象被人类逼迫着逃离家乡却仍然坚持回乡的故事；《列那狐的故事》是（　　　　）民间故事，我们可以看到狡猾而又幽默的列那狐是如何捉弄其他动物的。

A. 亚洲　　B. 欧洲　　C. 非洲　　D. 北美洲

（3）读下面民间故事中的人物简介，在括号里写出人物名字。

①他是明朝中期的著名文学家、书画家，曾经当街拦道难倒窦太师。（　　　　）

②她为了救丈夫许仙，不惜盗取灵芝仙草，甚至水漫金山。（　　　　）

③他勇敢、孝顺，大战舅舅二郎神，劈山救母。（　　　　）

（4）《牛郎织女》中，牛郎披上牛皮就能飞起来，这样的故事情节令人感到不可思议。在民间故事中，这样的情节有很多，请你写出一个来。（要写清楚故事题目和主人公）

____

____

三 连线题

《一千零一夜》　　　　阿拉伯民间故事

《爱父亲如盐》　　　　非洲民间故事

《孟姜女》　　　　欧洲民间故事

《误传的神谕》　　　　中国民间故事

四 阅读题

阅读短文，根据提示完成题目。

狮子法官判案

事情是这样的，有两个狐狸妈妈来告状：一个是白花狐狸，一个是黑花狐狸，它们住在同一个洞穴里。

这两个狐狸妈妈在同一天各生了一个儿子，而且它们的儿子的模样极为相似，简直像一对双胞胎。假如把它们放在一块儿，根本分不出谁是谁的儿子。这两个狐狸妈妈都非常喜欢自己的儿子，恨不得把天底下最好的东西给自己的孩子。可是，有一天夜里，一个狐狸妈妈的儿子忽然死了。死了儿子的狐狸妈妈非常伤心，但在伤心之余它灵机一动，心想反正两个狐狸儿子长得那么像，倒不如用死儿子去偷换个活儿子回来。于是，它便按照自己的想法行动了。第二天早晨，被偷走活儿子的狐狸妈妈觉得不对劲，便向另一个狐狸妈妈讨还自己的儿子。偷换儿子的狐狸妈妈横竖不承认，理直气壮地反问：

“你凭什么说活着的才是你的儿子？说呀，说呀！”

被偷走儿子的狐狸妈妈一下子被问住了，它想了想，只好说："咱们找狮子法官去，它会判明是非的。"

"好呀，去就去！"

就这样，它俩来到了狮子法官的面前。白花狐狸妈妈指天发誓，说活着的小狐狸是它的儿子。黑花狐狸妈妈也指天发誓，说活着的小狐狸是它的儿子。

狮子法官对它们说："你们要讲实话，讲假话是非常可耻的！"

白花狐狸妈妈对黑花狐狸妈妈说："快点承认吧，是你偷了我的儿子，讲假话是可耻的！"

黑花狐狸妈妈寸步不让地说："明明是你偷了我的儿子，居然还有脸讲这种话！"

狮子法官讲了许多道理，见两个狐狸妈妈仍然都坚持说活着的是自己的儿子，就动起脑筋来。它想啊，想啊，终于想出了主意。于是它对身边的随从说："卫士，去把我的宝剑取来。"

待卫士把宝剑取来，两个狐狸妈妈感到非常奇怪，它们异口同声地问道："法官先生，您想干什么？难道用宝剑就能分辨出真话和假话吗？"

狮子法官回答："本法官无法判断活着的到底是谁的儿子。既然你们二位互不相让，那么这样吧，我用宝剑将小狐狸劈成两半，平分给你们吧。"

黑花狐狸妈妈满意地点点头，笑着说："这样做真是太公平了！"

白花狐狸妈妈却绝望地说："千万不要劈孩子！我情愿不要这孩子了。"

狮子法官眼里闪着智慧的光芒，它斩钉截铁地说："我现在知道谁的话是真的了。"于是，它就把活着的小狐狸判给了白花狐狸妈妈。

看到这一切后，黑花狐狸妈妈头都不敢抬起来，夹着尾巴溜走了。

（1）概括故事内容。

两只狐狸同住一个洞穴，它们儿子的模样极为相似→________________→两只狐狸来到狮子法官面前→________________→侍卫取来宝剑，狮子法官说要将狐狸儿子劈成两半→________________

____

____

（2）读划线句子，提取核心信息，为什么狮子法官确定活着的小狐狸是白花狐狸妈妈的儿子？

____

____

（3）从民间故事的表达特点上来看，下列说法不正确的是（　　）。

A. 情节夸张，充满幻想

B. 故事性强，情节生动，多用人物对话的形式展现故事内容

C. 通过十四行诗的表达故事，达到警告世人的目的

五 简答题

1. 请从小说六要素的角度出发，为《寒鸦》这一故事做个“身份证”吧！

《寒鸦》

时　间	
地　点	
人　物	
事情的起因	
事情的经过	
事情的结果	

2.《幸福人的衬衣》中，为什么幸福的人没有衬衣？请简要谈谈你的观点。

____

____

____

____

____

六 写作题

同学们，读完《欧洲民间故事》，你有什么样的感受呢？可以从精彩情节、个性人物、奇特想象、生活哲理等方面写一个简短的书评。（300 字左右）

参考答案

一、选择题

1.C 2.D 3.A 4.B 5.A 6.D 7.D 8.D

二、填空题

1. 示例：被群狼围攻时，灰额猫想到用谎话吓唬狼。

2. 合理即可。方法点拨：从书中选两位自己喜欢的人物，并将喜欢该人物的原因总结为一句话。

3.

（1）梁山伯与祝英台　　聪明的牧羊人

（2）C　B

（3）①徐文长　②白娘子　③沉香

（4）示例：在中国民间故事《孟姜女》中，孟姜女在长城下哭了三天三夜，竟然把长城哭倒了。

三、连线题

《一千零一夜》——阿拉伯民间故事

《爱父亲如盐》——欧洲民间故事

《孟姜女》——中国民间故事

《误传的神谕》——非洲民间故事

四、阅读题

1.

（1）其中一个狐狸孩子突然死亡；两个狐狸妈妈都

坚称孩子是自己的；狮子法官将狐狸儿子判给了白花狐狸妈妈

（2）真正的母亲不会愿意伤害自己的孩子。

（3）C

五、简答题

1.

《寒鸦》

时　间	老莫尔去世后
地　点	萨克维尔街上的布料商店、监狱、贵族的阁楼
人　物	寒鸦、汤姆·莫尔、园丁
事情的起因	因为寒鸦“莫！莫！”地叫，汤姆·莫尔从乡下人手中买下了寒鸦
事情的经过	在汤姆·莫尔的店铺中，寒鸦跟着伙计学会了“你是谁呀你是谁？是萨克维尔街的汤姆·莫尔”。汤姆·莫尔在店中赌博，寒鸦又跟着赌徒学会了“你是谁呀你是谁？是萨克维尔街的汤姆·莫尔。真见鬼，他够狠的”。后来汤姆·莫尔因为负债进了监狱，寒鸦又在监狱中学会“你是谁呀你是谁？是萨克维尔街的汤姆·莫尔。真见鬼，他够狠的。为什么会进来？唉，交友不慎，命运弄人啊……”汤姆·莫尔临死前，费力将寒鸦放出了监狱。寒鸦和它的族群又在贵族的花园中受到了园丁的虐待
事情的结果	寒鸦利用自己学会的话，将园丁吓得毛骨悚然，拯救了自己和自己的同类

2. 示例：因为一个人的幸福与财富的多少没有关系，丰厚的物质财富不是我们走向幸福大门的钥匙，只有心灵自足平和，找到生活的乐趣，才能拥有真正的幸福。

六、写作题

方法点拨：从精彩情节、个性人物、奇特想象、生活哲理中任选角度，写出自己对《欧洲民间故事》的独特感受。

示例：在阅读过程中，我被书中那些精彩绝伦的情节深深吸引，人物与人物之间、人物与动物之间、动物与动物之间的充满想象力的故事，使我仿佛置身在一个色彩斑斓的奇幻世界之中。书中的主人公形象鲜明，个性突出，无论是机智勇敢的英雄，比如卷毛角吕盖；还是狡猾阴险的反派，比如《小母鹅》中狡诈的狐狸，都让人印象深刻。他们的故事闪烁着人性的光芒，彰显着智慧在对抗强敌、保护自我时的突出作用，我在阅读中感受到了人性的复杂和多样，更深刻学习到了智慧与审慎的重要性。这些故事的背后蕴含着深刻的生活哲理，教会我勇敢面对生活中的困难和挑战，珍惜身边的人和事，保持一颗善良、勇敢、智慧的心。

随书附赠，非卖品

“法官先生，请原谅我迟到了。”农民慢悠悠地说。

“你为什么迟到？我们已经等了你整整一个钟头了！”法官气得吹胡子瞪眼，从他当上法官，还没人敢这么戏耍他。

“哎呀，实在抱歉，我不是故意迟到的，”农民回答说，“我弟弟有一块田，今天要播种豌豆。我想，总不能让他一个人忙活吧？我特地买了一袋豌豆，放进锅里煮熟，等它们冷却，才和我弟弟一起种进了地里。”

“你说的什么话呀，”法官嘲弄说，“煮熟了的豌豆是不会发芽的。”

见法官上了钩,农民轻轻一耸肩,语气中带着玩笑:“法官先生，煮熟的豌豆照样可以发芽，就好像煮熟了的鸡蛋能够孵出小鸡一样，餐馆老板不就是这么主张的吗？”说完，他意味深长地指了指庭上的餐馆老板。

老板慌了神，左右环视，围观的人们都对他指指点点。他脸上一阵红一阵白，没等法官判决，就不好意思地自己溜走了。

不过，工匠毕竟是欠了钱，依照法官的判决，他需要额外支付老板一笔赔偿金。工匠对此欣然接受，比起数也数不清的小鸡，这笔钱算得了什么呢。他谢过农民，拍了拍口袋，轻松地走出了法庭。